KB164993

인간 실격

인간 실격

人間失格

다자이 오사무

다상출판

차례

인간 실격

人間失格

서문

　나는 그 사내의 사진 석 장을 본 적이 있다.

　한 장은 사내의 어린 시절이랄까, 열 살 전후로 추정되는 시기의 사진인데, 굵은 줄무늬 정장을 입은 사내아이가 정원 연못가에 서서 수많은 여자들에게 둘러싸여(그 여자들은 그 사내아이의 누나며 여동생들, 그리고 사촌 누이들이 아닐까 싶다) 고개를 삼십 도쯤 외로 꼰 채 밉살스럽게 웃고 있다. 밉살스럽다……. 하지만 미적 감각이 둔한 사람들, 예컨대 어떤 대상의 외모에 아무런 관심이 없는 사람들이 지나가는 말로,

　"귀엽게 생겼는걸요."

　라고 적당히 둘러댄다 하더라도 빈말로 들리지는 않을 만큼 그 아이의 웃는 얼굴에는 통속적 '귀여움' 같은 것이 전혀 없지

는 않았다. 그런 사탕발림이 헛소리처럼 들리지 않을 만큼 귀엽다는 말이다. 하지만 조금이라도 미적 감각이 있는 사람이라면 한눈에,

"정말 섬뜩한 아이로군."

이라고 불쾌하다는 듯이 중얼거리며, 송충이라도 떼어낼 것 같은 손놀림으로 사진을 내던져버릴지도 모른다.

그 아이가 웃고 있는 모습은 보면 볼수록 불쾌하고 어딘지 모르게 음산한 분위기마저 풍긴다. 아무리 봐도 그건 웃는 얼굴이 아니다. 그 아이는 전혀 웃고 있지 않다. 그 증거로 두 주먹을 불끈 쥐고 서 있는 것만 봐도 알 수 있다. 어떤 사람도 주먹을 불끈 쥔 채 웃지는 않으니까. 맞아, 원숭이다. 웃고 있는 원숭이 얼굴. 얼굴에 불길한 주름이 잡혀 있다. '주름투성이 도련님'이라고 부르고 싶을 정도로 기묘한, 그러면서도 추저분하고 이상하게 역겨움이 느껴지는 얼굴의 사진이다. 나는 지금껏 살아오면서 이렇듯 괴상한 표정의 소년은 단 한번도 본 적이 없다.

두 번째 사진 속의 남자는 깜짝 놀랄 정도로 많이 달라져 있다. 학생이다. 고교 시절인지 대학 시절인지 분명치는 않으나 하여간 소름이 돋을 정도로 수려한 미남이다. 그러나 이 사진 또한 이상하게 살아 있는 인간이라는 느낌이 들지 않는다. 교복 상의의 가슴 주머니에 하얀 손수건을 꽂고 등나무 의자에

앉아서 다리를 꼰 채 역시 웃고 있다. 두 번째 사진 속의 웃는 얼굴은 주름투성이의 원숭이 같지는 않으나, 이상야릇한 미소 때문인지 보통 사람의 얼굴과는 어쩐지 다르다. 피의 무게, 아니 생명이 지닌 깊은 충일감을 느낄 수가 없다. 그야말로 새처럼, 아니 깃털처럼 가벼운, 그저 한 장의 백지처럼 웃고 있다. 즉 하나부터 열까지 모두 조형물 같은 느낌이다. 겉멋이 들었다고 하기에도 부족하고 경박하다고 하기에도 부족하다. 내숭을 떤다는 말로도 부족하고 멋지다는 말로도 부족하다. 그러나 자세히 보면 잘생긴 학생 같기도 하지만 어쩐지 괴담 같은 걸 들었을 때 느껴지는 섬뜩한 무엇이 있다. 나는 지금까지 이렇게 이상한 느낌을 주는 아름다운 청년은 한번도 본 적이 없다.

　나머지 한 장의 사진이 가장 기괴하다. 이건 나이를 가늠할 수가 없다. 머리는 희끗희끗 백발이 섞여 있는 듯하다. 그런 남자가 너저분한 방(벽이 세 군데 정도 내려앉은 것이 사진에 뚜렷이 나타나 있다) 구석의 작은 화로에 양손을 쬐고 있는데, 이번에는 웃음기가 싹 가셔 있다. 말하자면 화로 앞에 쭈그리고 앉아 양손을 쬐다가 그냥 죽은 것 같은, 정말이지 기분 나쁘고 불길한 냄새가 풍기는 사진이다. 이상한 것은 그것만이 아니다. 이번 사진에는 얼굴이 유난히 크게 찍혀 있어서 생김새를 자세히 살펴볼 수가 있었다. 이마도 평범하고 이마의 주름도 평범하고 눈썹도 평범하고 눈이며 코며 입이며 턱도 평범하다. 맞다. 그 얼굴에는 표정만 없는 게 아니라 인상조차 없다. 특징이 없다. 예컨대 내가 이 사진을 보고 눈을 감는 순간 금세 그 얼굴을 잊어버릴 정도다. 방과 벽, 작은 화로는 기억해낼 수 있어도 그 방의 주인공의 인상은 안개처럼 아스라이 사라져 도저히 기억해낼 수가 없을 것 같다. 그림이 그려지지 않는 얼굴이다. 만화로도 그릴 수 없는 얼굴이다. 다시 눈을 뜨면 '아, 이런 얼굴이었지' 하고 힘들여 기억해낸다 한들 기쁠 것 같지 않다. 극단적으로 말해서 눈을 뜨고 다시 그 사진을 봐도 기억으로 머물지 않는 얼굴이다. 그저 너무나 불쾌하고 역겨워서 저도 모르게 눈길을 돌려버리고 싶다.

이른바 '죽을 상'이라고 해도 표정이며 인상이라는 것이 있을 텐데, 사람의 몸뚱이에 짐을 끄는 말머리라도 갖다 붙이면 이런 느낌이 들까? 하여튼 무엇 때문이라고 딱 꼬집어 말할 수는 없지만 보는 이를 섬뜩하게 하고 불쾌하게 하는 무엇이 있다. 나는 지금까지 이렇게 기묘한 느낌의 얼굴을 한 남자를 한 번도 본 적이 없다.

첫 번째 수기

참으로 부끄러운 인생을 살았습니다.

나는 인간다운 삶을 도무지 이해할 수가 없습니다. 동북 지방의 시골에서 태어난 나는 꽤 성장한 이후에야 기차를 처음 보았습니다. 나는 역에 설치된 육교를 오르내리면서도 그것이 선로를 건너기 위해 만들어졌다는 사실을 눈치 채지 못했습니다. 그저 역 구내를 외국의 놀이터처럼 일부러 복잡하고 재미있고 세련되게 꾸민 것이라고만 믿었습니다. 그것도 꽤 오랫동안 그렇게 믿고 있었습니다. 육교를 오르내리는 일이 나에게는 꽤 세련된 유희로, 철도 회사에서 제공하는 서비스 중에서도 가장 질 좋은 서비스라고 생각하고 있었습니다. 나중에야 단순히 승객들이 선로 너머로 건너가기 위한 실용적인 목적으로 만든 계단에 불과하다는 사실을 알고 크게 실망했습니다.

어린 시절 그림책에서 지하철을 처음 봤을 때, 이 또한 실리적인 목적에서 만들어진 것이 아니라, 지상을 달리는 차보다 지하를 달리는 차를 타는 것이 좀 더 특별하고 재미있으니까 만든 놀이라고 생각했습니다.

나는 어렸을 때부터 몸이 약해 자주 앓았습니다. 자리에 누워서 요 커버며 베개 커버, 이불 커버를 물끄러미 바라볼 때면 그런 것들이 불필요한 장식품이라고만 생각되었습니다. 그러다가 스무 살 가까이 된 어느 날, 그것들이 뜻밖에도 실용품이라는 사실을 깨달았습니다. 그때 인간이 얼마나 검소하게 살아가는지 알게 되자 암담해지며 서글픔이 몰려왔습니다.

나는 또한 시장기라는 것을 몰랐습니다. 그것은 내가 의식주가 풍족한 집안에서 태어나 자랐다는 의미가 아닙니다. 그런 무례한 의미가 아니라, 나는 시장기라는 감각이 어떤 것인지 전혀 알지 못했다는 뜻입니다. 이상하게 들리겠지만 배가 고파도 그것을 느끼지 못했습니다. 초등학교와 중학교 다닐 때 학교에서 돌아오면 주위 사람들이, "저런, 배고프지? 나도 그랬거든. 학교 갔다 오면 얼마나 배가 고픈지. 콩조림 먹을래? 카스텔라도 있고 빵도 있어." 하고 법석을 떨기에 나는 타고난 아부 정신을 발휘해, "배고파." 하고 중얼거리며 일부러 콩조림을 열 개 정도 입에 넣었습니다. 허기가 무엇인지 전혀 모른 채 말입니다.

　물론 나도 음식이야 먹지요. 그러나 배가 고파 뭔가를 먹은
기억은 없습니다. 귀한 음식도 먹었고, 고급스러운 음식도 먹
었습니다. 남의 집을 방문했을 때 내오는 음식은 무리를 해서
라도 다 먹었습니다. 실은 어린 시절 내게 가장 고통스러웠던
시간은 가족들과의 식사 시간이었습니다.

　고향 집에서는 열 명 정도 되는 가족 전원이 각자의 밥상을
두 줄로 마주보게 늘어놓고 밥을 먹었습니다. 막내인 나는 당
연히 맨 끝자리에 앉았습니다. 식사하는 방은 어두컴컴했는데,
점심때가 되어 십여 명의 가족이 잠자코 밥을 먹는 모습은 으
스스하기까지 했습니다. 시골의 고지식한 집안이었기 때문에
반찬도 대체로 정해져 있어 진귀한 별미나 고급스러운 음식은
기대할 수가 없었기에 밥 먹는 시간이 갈수록 두려워졌습니다.
나는 그 어두컴컴한 방의 맨 끝머리에 앉아서 추위에 오들오들
떠는 심정으로 밥알을 꾸역꾸역 밀어 넣으며 생각하곤 했습니
다. 인간은 어째서 하루 세끼를 먹는 것일까. 정말이지 하나같
이 엄숙한 얼굴로 밥을 먹는구나. 그것은 일종의 의식 같은 것
이어서, 가족들은 매일 정해진 시간에 어두컴컴한 방에 모여서
밥상을 순서대로 늘어놓고, 먹기 싫어도 말없이 고개를 숙이고
밥알을 씹었는데, 그런 행위는 집 안에 우글거리는 영혼들에
게 고개 숙여 기도하는 것일지도 모른다는 생각이 들 정도였습

니다.

밥을 먹지 않으면 죽는다는 말은 내 귀에는 그저 못마땅한 협박 정도로밖에는 들리지 않았습니다. 그 미신은(지금도 나는 그것이 미신이라는 생각이 듭니다만) 나를 불안과 공포에 떨게 했습니다. 인간은 밥을 먹지 않으면 죽기 때문에 밥벌이를 해야 먹고산다는 말만큼 난해하고 애매모호하고 그러면서도 협박처럼 들리는 말도 없었습니다.

즉 나로서는 '인간이 목숨을 부지한다'라는 말의 의미가 무엇인지 여전히 이해하기 어려웠다는 말이지요. 내가 생각하는 행복의 개념과 이 세상 사람들이 생각하는 행복의 개념이 전혀 다를지도 모른다는 불안감, 그 불안감 때문에 나는 밤마다 미친 듯 뒤척이고 끙끙대며 보낸 적도 있습니다. 나는 과연 행복한 것일까요? 나는 어릴 때부터 자주 복을 타고났다는 말을 들어왔습니다만 내 마음은 늘 지옥에 와 있는 느낌이 들었으므로, 나더러 행복하다고 하는 사람이야말로 도리어 나와는 비교가 되지 않을 정도로 안락해 보였습니다.

나에게는 열 개의 불행 덩어리가 있었는데, 주변 사람 가운데 누군가가 그 덩어리 중 하나만 짊어진다 해도, 그것만으로도 그에게는 치명타가 되지 않을까 생각한 적이 있습니다.

사실 나는 모릅니다. 남들이 겪는 고통의 성질이나 정도를 전혀 짐작조차 하지 못합니다. 실제적인 고통, 단지 밥을 먹는 것만으로 해결되는 고통이라 해도, 어쩌면 그 자체가 극히 지독한 고통으로, 내가 가진 열 개의 불행 덩어리와는 비교도 안 될 만큼 처참한 아비규환의 지옥일지도 모릅니다. 그래요, 그건 나도 잘 모릅니다. 그러나 그렇다 하더라도 다들 용케 자살도 하지 않고, 발광도 하지 않고, 정치를 논하면서 절망하거나 좌절하지도 않고 그야말로 굴복하지 않는 삶의 투쟁을 계속해나가더군요. 그렇다면 살 만하다고 봐야 하지 않을까요? 철저한 이기주의자가 되는 것을 당연한 것으로 확신하면서, 한번도 자기 자신에게 회의를 느낀 적이 없는 것은 아닐까요? 그렇다면 마음 편하겠지요. 하긴 대다수 인간은 그렇게 살고 있고, 또 그것이야말로 만점짜리 인생이 아닐까요? 모르겠습니다. …… 밤에는 단잠을 자고 이튿날 상쾌하게 아침을 맞이하는 것이 잘 사는 걸까요? 다들 어떤 꿈을 꾸고 있는 걸까요? 길을 걸으면서 무슨 생각을 하고 있는 걸까요? 돈? 설마 그것만은 아니겠지요. 인간은 밥을 먹기 위해 산다는 말을 들은 적이 있지만 돈을 벌기 위해 산다는 말을 들은 적은 없으니까요. 아닐 겁니다. 하지만 경우에 따라서는…… 아니, 그것도 잘 모르겠습니다……. 생각하면 할수록 미궁 속에 빠져들면서 나만 별난 인간이 아닐까 하는 불안감과 공포감이 엄습했습니다. 나는 다른 사람들과 거의 대화를 나누지 않았습니다. 무슨 말을, 어떻게 해야 좋을지 몰랐기 때문입니다.

그래서 생각해낸 것이 익살이었습니다.

그것은 인간에 대한 나의 마지막 구애였습니다. 나는 인간이 극도로 두려웠지만 도저히 인간을 단념할 수가 없었습니다. 그래서 익살이라는 가느다란 끈으로 간신히 인간과 연결될 수 있었습니다. 겉으로는 항상 웃는 얼굴을 하고 있었지만 속으로는 필사적인, 그야말로 외줄타기와도 같은 위기일발의 진땀나는 서비스를 했습니다.

나는 어릴 때부터 가족 구성원에 대해서조차 그들이 얼마나 힘들어하고, 또 무슨 생각을 하며 살아가고 있는지 전혀 짐작조차 할 수가 없었는데, 속마음을 안다는 것이 그저 두렵고 거북해서, 그 어색함을 더 이상 견딜 수 없었기에 일찌감치 숙달된 익살꾼이 되었습니다. 말하자면 나는 언젠가부터 진실을 단 한마디도 말하지 않는 아이가 되어버린 것입니다.

그 당시 가족들과 함께 찍은 사진을 보면 다른 사람들은 하나같이 진지한 표정을 짓고 있는데, 나만 혼자 기묘하게 얼굴을 일그러뜨리며 웃고 있습니다. 이 또한 유치하고 서글픈 익살의 일종이었습니다.

게다가 나는 가족한테 꾸중을 들어도 말대꾸 한번 한 적이 없습니다. 사소한 꾸중조차도 나에게는 청천벽력과도 같아 나를 거의 미칠 지경에 이르게 했기 때문에 말대꾸는커녕 그 잔소리야말로 우리 민족 대대로 이어져온 인간의 진리가 틀림없다, 나는 그 진리를 따를 능력이 없으니 더 이상 가족과 함께 어울려 살 수 없는 것 아닌가, 하는 생각이 들었습니다. 그래서 말싸움도 자기변명도 하지 못했던 것입니다. 사람들이 나에게 욕을 해도 내가 심한 오해를 하고 있는 듯한 생각이 들어서 언제나 그들의 공격을 말없이 견뎠지만 마음속으로는 미칠 듯한 공포에 시달렸습니다.

사람이라면 누구나 타인이 비난을 퍼붓거나 화를 내면 기분이 좋을 리 없겠지만, 나는 화를 내는 인간의 얼굴에서 사자나 악어나 용보다 더 끔찍한 동물의 본성을 보는 것이었습니다. 평소에는 그 본성을 감추고 있다가 불시에, 예를 들어 소가 초원에서 무방비 상태로 자고 있는 척하다가 꼬리로 배에 앉아 있는 쇠등에를 쳐 죽이듯, 느닷없이 무시무시한 인간의 정체를 분노라는 형태로 드러낼 때면 나는 머리카락이 곤두설 정도의 전율을 느꼈습니다. 이 본성 역시 인간으로 살아가는 데 필요한 자격 중 하나일지도 모른다는 생각이 들 때면 나 스스로에 대해 절망감에 휩싸였습니다.

언제나 인간에 대한 공포감으로 바들바들 떨면서, 또 인간으로서 나 스스로의 언동에 대해 전혀 자신감을 갖지 못했습니다. 나 혼자만의 고뇌를 가슴속의 작은 상자에 담아둔 채 우울함과 초조감을 숨기고는 천진난만한 낙천가인 체하며 점차 익살스럽고 별난 괴짜로 완성되어갔습니다.

어떻게 하든 좋으니까 웃게만 만들면 된다. 그러면 사람들은 내가 그들의 이른바 '삶' 밖에 있다 하더라도 그다지 신경 쓰지 않겠지. 하여튼 그 사람들의 눈 밖에 나서는 안 된다, 나는 무無다, 바람이다, 하늘이다, 텅 비었다. 이런 생각들이 점점 부풀어 올라서 익살을 떨며 가족들을 웃기는 것은 물론 가족보다 더 불가사의하고 두려운 머슴이며 하녀들한테까지도 필사적으로 익살 서비스를 했습니다.

나는 한여름에 유카타* 속에 빨간 털실로 짠 스웨터를 껴입고 복도를 걸어다니며 집안사람들을 웃겼습니다. 좀체 웃지 않는 큰형조차 그걸 보고는 귀여워 죽겠다는 듯이 폭소를 터뜨리며 말했습니다.

"요조야, 그건 안 어울리는구나."

물론 내가 한여름에 스웨터를 입고 다닐 정도로 추위와 더위조차 분간하지 못하는 괴짜는 아니었습니다. 사실 유카타 소매 아래로 누나의 레깅스를 양팔에 끼어, 스웨터를 입은 것처럼 위장했던 것입니다.

아버지는 도쿄에 볼일이 많았기 때문에 우에노 사쿠라기에 따로 별장을 마련해 한 달의 거의 대부분을 그 도쿄 별장에서 지냈습니다. 아버지가 집으로 돌아올 때에는 가족을 비롯하여

* 목욕을 한 후나 집에서 평상복으로 입는 옷.

친척들 몫의 선물까지 챙기느라 엄청난 양의 선물더미를 마련해왔는데, 그것은 아버지의 취미이기도 했습니다.

언젠가 아버지가 도쿄로 가시기 전날 밤, 우리를 손님방에 모아놓고 웃으시면서 이번에는 어떤 선물을 사오는 것이 좋을지 한 명 한 명한테 물었습니다. 그러고는 우리의 대답을 일일이 수첩에 적었습니다. 아버지가 우리에게 그처럼 다정다감하게 대하는 일은 무척 드물었습니다.

"요조는?"

아버지가 물었을 때 나는 머뭇거리며 대답을 못했습니다.

누군가로부터 뭘 갖고 싶은지 질문을 받는 순간 나는 아무것도 갖고 싶은 것이 없어졌습니다. 아무래도 상관없어. 어차피 나를 즐겁게 해줄 물건 따위는 없으니까, 라는 생각이 꿈틀거리며 일어났기 때문입니다. 하지만 남이 주는 물건은 아무리 내 취향이 아니라 하더라도 거절하지 못했습니다. 싫은 것을 싫다고 내색하지 못했고, 또 좋아하는 것이 있어도 쭈뼛쭈뼛 남의 것을 훔치기라도 하듯이 눈치를 살피느라 전혀 즐기지 못했습니다. 그러고는 말로 표현할 수 없을 정도로 두려움에 시달리는 것이었습니다. 한마디로 나에게는 좋고 싫은 것을 택할 능력조차 없었던 것입니다. 결국 이런 것들이 세월과 함께 쌓이면서 소위 '부끄러움 많은 인생'을 사는 중대한 원인이 된 성격으로 굳어져 버렸습니다.

내가 아무 말 않고 머뭇거리자 아버지는 부루통한 표정을 지으며 말했습니다.

"역시 책이냐? 아사쿠사 절 앞에 있는 상점에서 설날에 쓰는 어린이용 사자춤 탈을 팔고 있던데, 갖고 싶지 않아?"

'갖고 싶지 않아?'라는 질문을 받으면 이미 상황은 끝난 겁니다. 익살스러운 대답도 뭣도 할 수가 없으니까요. 익살을 떠는 배우 노릇은 완전히 낙제입니다.

"책이 좋겠죠."

큰형이 진지한 표정으로 말했습니다.

"그래?"

아버지는 기분이 잡쳤다는 듯한 얼굴로 수첩을 탁 하고 닫아버렸습니다. 메모도 하지 않고 말입니다.

이런 실수를! 나는 아버지를 화나게 만들었다. 이제 아버지의 엄청난 복수가 있겠지. 늦기 전에 어떻게든 수습을 해야 할 텐데. 그날 밤 이불 속에서 부들부들 떨면서 고민한 끝에 잠자리에서 일어나 조심스럽게 손님방으로 갔습니다. 그리고 아버지가 조금 전에 수첩을 넣어두었던 서랍을 열고 수첩을 꺼낸 뒤 스르르 페이지를 넘겨 선물 목록이 적혀 있는 곳을 찾아냈습니다. 나는 수첩에 딸린 연필에 침을 묻혀서 '사자탈'이라고 써두고 잤습니다. 솔직히 고백하자면 나는 그 사자탈 같은 것은 전혀 갖고 싶지 않았습니다. 오히려 책이 훨씬 좋았습니다.

하지만 나는 아버지가 사자탈을 내게 사주고 싶어 한다는 사실을 눈치 채고 아버지의 기분을 맞춰줘야겠다는 생각에서, 아버지가 기뻐하는 모습을 보기 위해 밤중에 몰래 숨어 들어가는 모험을 감행했던 것입니다.

내가 쓴 비상수단은 대성공을 거두었습니다. 이윽고 도쿄에서 돌아오신 아버지가 어머니께 큰 소리로 말하는 것을 방에서 들었습니다.

"아사쿠사 절 앞에 있는 장난감 가게에서 이 수첩을 펼쳤더니 글쎄, 사자탈이라고 적혀 있지 않겠어? 이건 내 글씨가 아니지 않아, 응? 이상하다 생각하다가 짚이는 게 있었지. 이건 요조 녀석의 장난이라고. 녀석은 내가 물었을 때는 히죽히죽 웃기만 했는데, 갈수록 사자탈이 갖고 싶어 참을 수가 없었던 거요. 아무튼 그 녀석은 여간 별난 애가 아니라니까. 시침 뚝 떼고 있다가 감쪽같이 여기에다 또박또박 적어놨지 뭐요. 그렇게 갖고 싶으면 직접 말했다면 좋았을 텐데. 장난감 가게에서 웃음이 나더라니까. 빨리 요조를 불러오시오."

그러는 한편 나는 머슴이며 하녀들을 응접실로 불러들여 머슴 한 명을 지명하여 멋대로 피아노 건반을 두드리게 하고는 (시골이긴 했지만 우리 집에는 대체로 모든 것을 두루 갖추고 살았습니다) 그 엉터리 곡에 맞추어 인디언 춤을 선보였습니다. 그 광경을 보고는 모두들 포복절도했습니다. 둘째형은 플래시를 터뜨리며 나의 인디언 춤을 찍었는데, 현상된 사진을 보니 허리에 두른 천(그것은 사라사 보자기였습니다)의 매듭 사이로 내 작은 고추가 보였습니다. 그걸 보고 온 식구가 그야말로 배꼽 빠지게 웃어댔습니다. 나로서는 이 또한 뜻밖의 성공을 거두었다고 할 수 있겠습니다.

당시 나는 다달이 신간 소년잡지를 열 권 넘게 구독하고 있었고, 또 그 밖에도 도쿄에서 다양한 책들을 주문해 꾸준히 읽고 있어서 '엉망진창 박사'니 '무슨무슨 박사' 등에 대해서는 무척 친숙했습니다. 또 괴담, 무협, 만담, 에도의 옛 이야기 등에 대해서도 잘 알고 있었기 때문에 집안사람들을 웃음 속으로 몰아넣을 만한 소재가 넘쳐났습니다. 나는 진지한 얼굴로 온갖 엉뚱한 이야기를 해서 식구들을 원 없이 웃겼습니다.

그러나 아, 학교!

나는 학교에서 존경받을 뻔했습니다. 존경받는다는 개념 또한 나를 몹시 두려움에 떨게 했습니다. 내가 내린 '존경받는다'의 정의는 거의 완벽에 가까울 정도로 남을 속이다가 전지전능한 누군가에게 속내가 간파당하는 바람에 모든 것이 산산조각 나버려 죽음보다 더 심한 모멸감을 느끼는 것이었습니다. 사람들을 속여 '존경받는다'고 해도 결국 누군가는 반드시 실체를 알게 됩니다. 그리고 다른 사람들이 이윽고 그 사람의 실체를 알고 속은 것을 깨달았을 때, 그때의 분노와 보복은 과연 어느 정도일까요? 상상만 해도 온몸의 털이 곤두서는 느낌입니다.

나는 부잣집에서 태어났다는 사실보다는 소위 '공부 잘하는 아이'로 학교에서 존경받을 뻔했습니다. 나는 어릴 때부터 몸이 약해 한 달이나 두 달 혹은 1년 가까이 병상에 누워 학교를 쉰 적이 있습니다. 하지만 병이 낫자마자 인력거를 타고 학교에 가서 학기말 시험을 치르면 학급의 어느 누구보다도 성적이 좋게 나왔습니다. 건강이 좋을 때에도 나는 공부를 도통 하지 않았습니다. 학교에 가더라도 수업 시간에 만화 따위를 그렸고, 쉬는 시간이면 반 아이들에게 그것을 설명하여 웃기곤 했습니다. 또한 작문 시간에는 우스운 이야기를 써내 선생님으로부터 주의를 들어도 나는 그 짓을 멈추지 않았습니다. 실은 선생님도 내 우스꽝스러운 이야기를 은근히 즐긴다는 것을 알고 있었기 때문입니다.

그러던 어느 날, 나는 여느 때처럼 어머니를 따라 도쿄로 가는 길에 기차 안에서 통로에 놓인 타구에 오줌을 누어버린 실수담(그러나 당시 나는 그것이 가래통인 줄 모르고 그런 게 아니었습니다. 철없는 아이인 양 가장해 일부러 실례를 지질렀습니다)을 무지 슬픈 필치로 써서 제출했습니다. 틀림없이 선생님이 웃을 것이라고 확신했기 때문입니다. 나는 교무실로 들어가는 선생님의 뒤를 몰래 따라가 보았습니다. 선생님은 교실을 나서자마자 반 아이들이 낸 작문들 가운데 내 글을 쏙 뽑아 복도를 걸어가며 읽기 시작했습니다. 선생님은 큭큭 소리 내어 웃다가 교무실로 들어섰을 때는 이미 다 읽었는지 얼굴이 시뻘게질 정도로 큰 소리로 웃어댔습니다. 동료 선생님들에게 내 글을 읽어보라고 권하는 선생님의 모습을 보며 나는 몹시 만족스러웠습니다.

장난꾸러기.

나는 이른바 악동으로 낙인 찍히는 데 성공했습니다. 존경받는 것에서 벗어나는 데 성공한 것입니다. 성적표는 전 학과 모두 10점 만점이었습니다만 품행만큼은 7점이거나 6점을 받아 온 집안을 웃음바다로 만들었습니다.

그러나 실상 내 본성은 악동과는 완전히 정반대였습니다. 그 당시 이미 나는 하녀와 머슴들한테서 서글픈 짓을 배웠고, 순결을 잃었습니다. 나는 지금도 어린아이에게 그런 짓을 하는 것은 인간이 저지르는 범죄 중에서 가장 추악하고 비열하며 잔혹하다고 생각합니다. 그러나 나는 참았습니다. 그 일로 인간의 또 다른 특성을 알게 되었다는 생각에 그저 맥없이 웃었습니다. 만약 내가 진실을 말하는 습관에 길들여져 있었다면 겁내지 않고 아버지 어머니에게 그들의 범죄를 고해바쳤을 수도 있었을 것입니다. 그러나 실상 나는 어머니나 아버지조차도 제대로 이해할 수 없었습니다. 나는 인간에게 뭔가를 호소한다는 수단에 전혀 기대를 걸지 않았습니다.

아버지에게 호소하건 어머니에게 호소하건 경찰에게 호소하건 정부에 호소하건 결국은 처세술에 능한 사람들의 논리에 설득당할 것이 뻔하다고 생각했기 때문입니다. 인간의 생각은 한쪽으로 치우칠 수밖에 없다. 그러니 인간에게 호소하는 건 소용없는 일이다. 결국 나는 진실이라고는 한마디도 밝히지 못한 채 꾹꾹 참으며, 익살을 떠는 것 외에는 달리 방법이 없다고 결론 내렸습니다.

"뭐야, 인간에 대한 불신을 말하는 거야? 하, 네가 언제부터 기독교인이 됐어?"

하고 비웃는 사람이 간혹 있을지 모르겠습니다. 그러나 인간에 대한 불신이 반드시 종교와 직결되는 것은 아니라고 생각합니다. 사실 그 비웃는 사람을 포함하여 인간은 모두가 서로에 대한 불신 속에서 여호와도 뭣도 생각하는 일 없이 태평스럽게 살아가고 있지 않습니까?

역시 내가 어렸을 적의 일입니다. 아버지가 소속되어 있는 어느 정당의 유명인이 이 마을에 연설을 하러 왔다기에 나는 머슴들과 함께 연설을 들으러 극장엘 갔습니다. 극장에는 사람들로 꽉 차 있었습니다. 거기에는 이 도시에서 아버지와 가까이 지내는 분들이 모두 나와 열렬하게 박수를 치고 계셨습니다. 연설이 끝난 후 청중들은 눈 내리는 밤길을 삼삼오오 무리 지어 돌아오면서, 그날 밤의 연설을 주제로 마구 험담을 해대는 것이었습니다. 그 무리 속에는 아버지와 매우 절친하게 지내는 사람의 목소리도 섞여 있었습니다. 아버지의 '동지들'은 아버지의 개회사는 엉망이고, 그 유명 인사의 연설도 도통 뭐가 뭔지 알아들을 수가 없었다고 성이 나서 떠들어댔습니다. 그러나 우리 집 응접실로 들어선 그들은 태도가 돌변하여 오늘밤의 연설은 대성공이었다고, 진심으로 기뻐하는 얼굴로 말하는 것이었습니다. 어머니가 "오늘 밤 연설이 어땠어?" 하고 묻자 머슴들까지 입을 맞추어 "아주 재미있었습니다." 하고 천연덕스럽게 대답하는 것이었습니다. 집으로 돌아오는 내내 연설회만큼 따분한 건 없었노라고 투덜거렸으면서 말입니다.

그러나 이런 일은 아주 하찮은 예에 지나지 않습니다. 참으로 이상하게도 서로 속이면서도 누구 하나 상처받는 이가 없었고, 서로가 서로를 속이고 있다는 사실조차 깨닫지 못하는, 그야말로 실로 완벽하게 맑고 밝고 명랑한 불신이 인간의 삶에 충만해 있는 것이었습니다. 하지만 나는 사람들이 서로 속이며 지낸다는 사실에 딱히 흥미가 생기지는 않았습니다. 나 자신이야말로 아침부터 밤까지 익살을 떨며 인간들을 속이고 있었으니까요. 나는 윤리 교과서에 나오는 정의며 도덕이라는 것에는 별 관심이 없었습니다. 나한테는 서로 속이면서 살아가는, 혹은 살아갈 자신이 있는 것처럼 보이는 인간이야말로 더할 수 없이 난해할 뿐입니다. 사람들은 나에게 끝내 그 비결을 가르쳐주지 않았습니다. 그 비결을 알았더라면 인간을 그처럼 두려워하는 일도 없었을 것이며, 필사적인 익살 서비스도 하지 않았을 것입니다. 인간의 생활과 대립하여 밤마다 그런 지옥 같은 괴로움을 맛보지 않아도 되었을 테니 말입니다. 내가 머슴과 하녀들의 그 가증스러운 범죄조차 누구에게도 호소하지 않았던 것은 인간에 대한 불신 때문도 기독교적 박애주의 때문도 아니고, 인간들이 이 요조라는 한 사람에게만 신용의 껍질을 굳게 닫고 있었기 때문이라고 생각합니다. 부모님마저 내가 이해할 수 없는 난해한 행동을 보였을 정도니까요.

그리하여 누구에게도 호소하지 못하는 내 고독의 냄새는 수많은 여성들의 후각을 자극했고, 이는 훗날 내가 갖가지 사건에 휘말리는 중요한 원인이 되었다는 생각이 들기도 합니다.

다시 말해 여성들에게 나는 사랑의 비밀을 지킬 수 있는 남자로 보였다는 이야기입니다.

두 번째 수기

　바닷가. 파도가 부서지며 와 닿을 정도로 바다 가까이에 시커멓고 커다란 산벚나무가 스무 그루 이상 늘어서 있었습니다. 새 학년이 시작될 무렵이면 푸른 바다를 배경으로 산벚나무가 갈색 빛이 도는 끈적끈적한 새싹과 함께 현란한 꽃을 피웠습니다. 이윽고 꽃이 질 때면 수면 위로 수많은 꽃잎이 떨어져 물 위를 점점이 떠다니다가 파도를 타고 다시 바닷가 모래사장으로 되돌아오곤 했습니다. 그 벚꽃 해변이 그대로 교정으로 사용되는 동북 지방의 어느 중학교에 시험공부도 제대로 하지 않은 내가 그럭저럭 입학할 수 있었습니다. 그 중학교의 교모는 물론 휘장이나 교복 단추에도 벚꽃 모양의 도안이 새겨져 있었습니다.

그 중학교 바로 옆에 우리 집안과 먼 친척뻘 되는 사람이 살고 있었기 때문에 아버지는 그 벚나무가 있는 바닷가 중학교를 내게 골라주었던 것입니다. 그 친척 집에 맡겨진 나는 집이 학교 바로 옆에 있어서 아침 조례 종소리를 듣고서야 학교에 뛰어가는 꽤 게으른 중학생이었지만, 예의 그 익살 덕분에 학급에서 나날이 인기가 높아졌습니다.

태어나서 처음으로 이른바 타향이라는 곳에 왔는데, 어쩐 일인지 내가 태어난 고향보다 훨씬 편안했습니다. 그것은 내 익살이 그 무렵 거의 원숙한 경지에 이르러, 남을 속이는 일에 예전처럼 마음고생을 하지 않아도 되었기 때문이라고 할 수 있겠지요. 하지만 그보다는 가족과 타인, 고향과 타향 사이에는 연기를 하는 데 있어 메울 수 없는 난이도의 차이가 존재하는 것 아니겠습니까. 제아무리 천재라 해도, 설령 하느님의 아들인 예수라고 해도 말입니다. 배우에게 가장 연기하기 힘든 장소는 고향이라는 무대일 것입니다. 더구나 일가친척 모두가 앉아 있는 곳에서라면 제아무리 연기력이 뛰어난 명배우라 할지라도 연기를 제대로 할 수 있을까요? 하지만 나는 연기를 해냈습니다. 더구나 그것이 상당한 성공을 거두었습니다. 그 정도로 닳고 닳은 놈이 타향에 나왔으니 연기 하나는 똑 부러지게 해냈지요.

인간에 대한 나의 공포는 예전 못지않을 정도로 가슴 밑바닥에서 강렬하게 꿈틀거리고 있었습니다만, 연기만은 그야말로 달관의 경지에 올라 교실에서 쉴 새 없이 아이들을 웃겼습니다. 선생님도 말로는 이 반은 오바*만 없으면 제법 괜찮은 반이라고 탄식하셨지만, 현실은 손으로 입을 가리고 웃느라 정신없었습니다. 나는 벼락같은 소리를 내지르는 엄중한 교관마저도 실로 간단한 우스갯소리 한 번으로 제압해버렸습니다.

드디어 나의 정체를 완전히 은폐할 수 있게 되었다고 생각하고 마음을 놓으려는 찰나, 실로 뜻밖에도 등 뒤에서 푹 찔리는 공격을 받고 말았습니다. 등 뒤에서 습격하는 사내애들이 하나같이 그렇듯이, 그는 반에서 가장 빈약한 체구에 얼굴은 창백하고 아버지나 형이 입던 옷을 물려받아 입어서인지 마치 쇼토쿠 태자**처럼 긴 윗도리를 입고 다녔습니다. 공부는 완전히 바닥을 기었고 교련이나 체육 시간에는 늘 견학이나 하는 백치 같은 학생이었습니다. 그랬으니 나는 미처 그 아이까지 경계할 필요성을 못 느끼고 있었던 것입니다.

그날 체조 시간에 그 학생(성은 기억하지 못하지만 이름은 다케이치였던 것으로 기억하고 있습니다)은 여느 때와 같이 참관 중이었고, 우리는 철봉 연습을 하고 있었습니다. 나는 일

---

* 작중 화자인 요조의 성.
** 6세기 말부터 7세기 초에 걸쳐 불교 문화와 각종 제도를 본격적으로 일본에 도입하여 시행한 황태자.

부러 최대한 엄숙한 표정으로 철봉을 향해 에잇 하고 기합을 넣으며 달려가서는 그대로 멀리뛰기를 할 것처럼 몸을 날려 모래밭에 쿵 하고 엉덩방아를 찧었습니다. 그 모든 것은 계획적인 실패였습니다. 예상했던 대로 모두들 폭소를 터뜨렸고, 나 역시 쓴웃음을 머금으며 일어나 바지의 모래를 털고 있노라니 언제 그곳에 와 있었는지 다케이치가 내 등을 톡톡 찌르며 나지막한 목소리로 속삭이는 것이었습니다.

"부러 그랬지?"

세상이 뒤집히는 것 같았습니다. 일부러 실패했다는 사실을 다른 사람도 아닌 다케이치에게 간파당하다니, 정말이지 꿈에도 생각지 못한 일이었습니다. 나는 그 순간 세상이 지옥의 화염에 휩싸여 불타오르는 모습을 눈앞에 목격한 듯하여 '으악!' 하고 소리를 지르며 발광할 것 같은 기분을 필사적으로 억눌렀습니다.

그날부터 계속된 불안과 공포의 나날.

겉으로는 변함없이 서글픈 익살 연기를 하며 사람들을 웃겼습니다만 저도 모르게 후우 하고 무거운 한숨을 내쉬었습니다. 내가 무엇을 하건 간에 다케이치가 모든 걸 간파하고 있고, 또 언젠가는 녀석이 모두에게 그걸 떠벌리고 다닐 것이라고 생각하자 이마에서 식은땀이 솟았고, 괜히 미친 사람처럼 기묘한 눈초리로 주변을 두리번거리며 살펴보게 되는 것이었습니다. 가능하면 아침, 점심, 저녁 스물네 시간을 다케이치 옆에 붙어 서서 그가 비밀을 떠벌리지 않도록 감시하고 싶은 심정이었습니다. 그리고 그렇게 녀석에게 붙어 지내는 동안 나의 익살이 이른바 '부러 하는 행동'이 아니라 진짜라고 믿게끔 최대한 노력을 기울이고, 기회가 되면 아예 녀석을 둘도 없는 친구로 만들고 싶다, 만일 이런 노력조차 실패한다면 마지막으로 그가 죽기를 바라는 수밖에 없다고 생각했습니다. 하지만 녀석을 죽여야겠다고 생각하지는 않았습니다. 나는 지금까지 살아오면서 남이 나를 죽여줬으면 하고 바란 적은 여러 번 있었지만 남을 죽이고 싶다고 생각한 적은 단 한번도 없었습니다. 그것은 오히려 상대방에게 끔찍한 행복을 선사하는 일이라고 생각했기 때문입니다.

나는 다케이치의 환심을 사기 위해 얼굴을 기독교인 같은 '따사로운' 미소로 위장하고 고개를 삼십 도 정도 외로 꼰 채 그의 빈약한 어깨를 가볍게 감싸 안으며 알랑거리는 달콤한 목소리로 내 하숙집에 놀러 오지 않겠느냐고 몇 번이나 제의했지만, 그는 언제나 초점 없는 눈빛만 보일 뿐 아무 대답도 하지 않았습니다.

어느 초여름의 방과 후 무렵이었습니다. 소낙비가 부옇게 쏟아져 내리자 아이들은 어떻게 집으로 가야 할지 몰라 난감한 얼굴이었지만 나는 집이 바로 코앞이라 그냥 뛰어가려다가 문득 신발장 구석에 다케이치가 맥없이 서 있는 것을 발견했습니다. 나는 다케이치에게 다가가 "우리 하숙집으로 가자. 우산 빌려줄게."라고 말하며 쭈뼛거리는 그의 손을 이끌고 빗속을 달렸습니다. 집에 도착한 나는 우리 둘의 상의를 아주머니에게 말려달라고 부탁하고는 그를 2층의 내 방으로 끌고 가는 데 성공했습니다.

그 집에는 쉰이 된 아주머니와 안경을 쓴 서른 살 정도의 병색 짙은 키 큰 누나(이 누나는 한 차례 시집을 갔다가 집에 돌아와 있는 사람이었습니다. 나는 이 누나를 이 집 식구들처럼 '아네사'라고 부르고 있었습니다), 그리고 최근 여학교를 갓 졸업한 둥근 얼굴의 세쓰 누나(언니와는 달리 키가 작았습니다), 이렇게 세 사람이 살고 있었습니다. 그들은 아래층 가게에 약간의 문구류와 운동 용품을 늘어놓고 있었습니다만 주된 수입원은 돌아가신 부친이 생전에 남겨놓은 임대주택 대여섯 채에서 나오는 월세인 모양이었습니다.

"귀가 아파."

다케이치는 선 채로 그렇게 말했습니다.

"비를 맞아서 아픈 거야."

내가 보았더니 양쪽 귀가 심하게 곪아 있었습니다. 당장이라도 고름이 귀 밖으로 흘러나올 듯했습니다.

"큰일 났네. 아프겠는걸."

나는 호들갑을 떨며 놀란 척해 보였습니다.

"비 오는데 이렇게 끌고 와 미안해."

나는 여자 같은 말투로 '다정하게' 사과한 뒤 아래층으로 내려가 솜과 알코올을 얻어 와서 다케이치를 내 무릎 위에 눕힌 뒤 정성스럽게 귀를 닦아주었습니다. 다케이치도 정말이지 그것이 위선에 찬 흉계라는 사실을 눈치 채지 못한 듯,

"여자들이 너한테 홀딱 반하겠는걸."

하고 바보 같은 아부를 할 정도였습니다.

하지만 그 말은 다케이치 자신도 의식하지 못했던 끔찍한 악마의 예언이었다는 걸 나중에야 깨달았습니다. 여자들이 내게 홀딱 반하건 내가 여자들에게 홀딱 반하건, 이 홀딱 반한다는 말은 몹시 천박하고 경망스럽고 능글능글한 느낌을 주어 아무리 '엄숙'한 자리라 하더라도 그곳에서 이 말이 불쑥 얼굴을 내미는 순간 우울의 가람伽藍이 붕괴되어 그냥 범속한 것이 되어버릴 것같이 느껴집니다. '여자들이 자꾸만 내게 홀딱 반해서 괴롭다'는 식의 속된 표현 대신 '사랑받는 불안'이라는 문학적 표현을 쓴다면 절대 우울의 가람이 붕괴되는 일은 없을 것처럼 생각되니 참으로 기묘한 일이지요.

다케이치는 내가 귀의 고름을 닦아주자 여자들이 너에게 홀딱 반할 것 같다는 바보 같은 아부를 했고, 나는 그저 아무 말도 하지 않고 얼굴을 붉히며 웃기만 할 뿐이었습니다. 하지만

사실은 마음속에 어렴풋이 짚이는 게 있었습니다. 그런데 '여자들이 내게 홀딱 반할 것'이라는 식의 말이 자아내는 천박한 말에 우쭐해서 그렇게 듣고 보니 짚이는 바가 있다고 하는 것은 만담에나 등장하는 덜떨어진 부잣집 도련님의 대사로도 쓸 수 없는 수준 낮은 감정을 드러내는 것이고, 더욱이 내가 그런 경망스럽고 능글맞은 마음으로 '마음에 짚이는 바가 있다'고 말한 것은 아닙니다.

나에게 여자들이란 존재는 남자보다 몇 배는 더 난해했습니다. 우리 가족은 여자가 남자보다 훨씬 많았고, 또 친척 중에도 여자가 많았습니다. 그리고 문제의 '범죄'를 저지른 하녀까지 있었기에, 나는 어릴 때부터 여자들하고만 놀며 컸다고 해도 과언이 아닙니다. 나는 정말이지 살얼음판을 걷는 기분으로 수많은 여자들과 함께 해왔습니다만, 그녀들의 속은 거의, 아니 전혀 짐작할 수조차 없었습니다. 오리무중인 상태에서 어쩌다 호랑이 꼬리를 밟는 실수를 저질러 끔찍한 상처를 입기도 했는데, 그게 또 남자들에게서 날아오는 채찍과는 달리 내출혈처럼 극도로 불쾌하게 내면을 파괴하는 바람에 좀처럼 치유되지가 않았습니다.

여자들은 자기 쪽에서 먼저 유인했다가 밀쳐냈고, 또한 다른 사람이 있는 곳에서는 나를 업신여기고 매정하게 굴다가도 아무도 없는 곳에서는 꽉 껴안고, 죽은 듯 깊은 잠이 들었습니다.

마치 잠자기 위해서 살아가는 것처럼. 그 밖에 나는 여자에 관한 갖가지 관찰을 이미 어렸을 때부터 해왔는데, 여자는 같은 인류 같으면서도 남자와는 전혀 다른 생물이라는 느낌이 들었습니다. 그런데 이 불가해하고 마음을 놓을 수 없는 생물들은 기묘하게도 나를 돌봐주고 싶어 하는 것이었습니다. 기실 여자가 '홀딱 반한다'거나 '좋아한다'는 말이 내 경우에는 전혀 들어맞지 않았고, 차라리 '돌봄을 받는다'고 하는 편이 적합하다는 생각이 듭니다.

내 익살에는 여자가 남자보다 더 마음을 여는 듯했습니다. 남자들은 내 익살을 보고 언제까지나 킬킬거리지는 않습니다. 게다가 나도 남자들한테 신명이 나서 익살을 떨 경우 반드시 실수한다는 사실을 잘 알고 있던 터여서 적당한 선에서 멈추도록 조심했습니다. 그러나 여자라는 종족은 적당한 선이라는 것이 뭔지 모르는 생물이라서 끝없이 내게 익살을 떨기를 원했고, 나는 그 끝 모를 앙코르에 응하느라 녹초가 되었습니다. 여자는 정말로 잘 웃어댑니다. 대체로 여자란 남자보다는 쾌락에 훨씬 탐욕적인 것 같습니다.

내가 중학생 시절 신세진 그 집의 언니와 동생은 틈만 나면 2층의 내 방으로 올라왔습니다. 그때마다 나는 펄쩍 뛸 정도로 놀라고 두려워했지요.

"공부해?"

"아니."

나는 웃으며 책을 덮어버리고는,

"오늘 학교에서 몽둥이라는 별명의 지리 선생님이 말이야."

입에서 술술 흘러나오는 것은 마음에도 없는 우스갯소리였
습니다.

"요조, 안경 써봐."

어느 날 저녁, 동생인 세쓰가 언니인 아네사와 함께 내 방으
로 놀러 와서 나에게 익살을 무지 떨게 만든 다음 그렇게 말했
습니다.

"왜?"

"하여튼 빨리 써봐. 언니 안경을 빌려서 써."

언제나 난폭하게 명령조로 말했습니다. 익살꾼은 고분고분
아네사의 안경을 썼습니다. 그러자마자 두 젊은 여자가 자지러
지게 웃었습니다.

"똑같아. 로이드하고 똑같아."

당시 헤럴드 로이드라는 외국 영화의 희극 배우가 일본에서
인기가 있었습니다.

나는 일어서서 한 손을 들고,

"여러분!"

하고 운을 뗀 뒤,

"제가 이번에 일본의 팬 여러분께……."

라고 일장연설을 해서 웃음의 바다에 빠지게 했습니다. 그리고 헤럴드 로이드의 영화가 마을 극장에 상영될 때마다 몰래 보러 가서 그 배우의 표정을 연구했습니다.

또 어느 가을 밤, 내가 잠자리에서 책을 읽고 있을 때, 아네사가 제비처럼 날쌔게 방 안으로 들어오더니 느닷없이 내 이불 위에 쓰러져 우는 것이었습니다.

"요조야, 너는 날 도와줄 거지? 그럴 거지? 이런 집은 함께 나가버리는 게 좋아. 제발 나 좀 도와줘. 나 좀 살려줘."

그렇게 숨이 넘어갈 듯한 목소리로 내뱉고는 다시 우는 것이었습니다. 그렇지만 나는 여자가 그런 행동을 하는 걸 처음 보는 게 아니어서 아네사의 그런 과격한 말에 그다지 놀라지는 않았습니다. 오히려 그 진부하고 알맹이 없는 내용에 흥이 깨져 살그머니 이불에서 빠져나와 책상 위의 감을 깎아 그녀에게 한 조각 내밀었습니다. 그러자 그녀는 딸꾹질을 하면서 그 감을 먹고는,

"뭐 재미있는 책 없니? 있으면 빌려줘."

라고 말했습니다.

나는 나쓰메 소세키의 『나는 고양이로소이다』라는 책을 골라주었습니다.

"잘 먹었어."

아네사는 부끄러운 듯이 웃으며 방에서 나갔지만, 아네사뿐

아니라 여자들이 도대체 어떤 마음으로 살아가고 있는지를 추측해보는 건 나로서는 지렁이의 마음속을 헤아리는 것보다도 더 까다롭고 귀찮고 오싹하게 느껴졌습니다. 다만 여자가 그런 식으로 갑자기 울 때는 단것을 주면 그걸 먹고 기분을 가라앉힌다는 사실만은 어렸을 때부터의 경험으로 알고 있었습니다.

또한 세쓰 누나는 친구까지 내 방으로 데리고 왔습니다. 내가 여느 때처럼 공평하게 좌중을 웃겨주면, 친구가 돌아가고 난 뒤 반드시 그 친구의 험담을 했습니다. 그 애는 불량소녀니까 조심하라는 것이었습니다. 그렇다면 굳이 데려올 건 뭐람. 아무튼 덕분에 내 방에 오는 손님은 거의 전부가 여자들이었습니다.

그러나 아직은 다케이치가 아부 삼아 했던 '여자들이 홀딱 반할 거야'라는 말이 실현된 것은 아니었습니다. 나는 그저 일본 동북 지방의 헤럴드 로이드에 불과했습니다. 다케이치의 바보 같은 아부가 저주받을 예언으로 생생하게 되살아나 불길한 모습을 드러낸 것은 그로부터 몇 년이 지난 후의 일이었습니다.

다케이치는 나에게 또 한 가지 중대한 선물을 주었습니다.

"이거 괴물 그림이야."

어느 날, 다케이치가 2층의 내 방으로 놀러 왔을 때, 자신이 가져 온 원색판 삽화 한 장을 자랑스레 보여주며 그렇게 말했습니다.

뭐야? 라는 느낌이 들었습니다. 훗날 두고두고 바로 그 순간에 나의 앞날이 결정되어버린 듯한 느낌을 떨쳐버릴 수가 없었습니다. 나는 알고 있었습니다. 그것은 고흐의 저명한 자화상일 뿐이라는 사실을. 내가 어렸을 때 일본에서는 프랑스의 인상파 그림이 엄청나게 유행하고 있어서 서양화 감상의 첫걸음을 대체로 그러한 그림들로 시작했기에 고흐, 고갱, 세잔, 르누아르 등과 같은 화가의 그림은 시골의 중학생이라도 사진을 통해 잘 알고 있었습니다. 나도 고흐의 원색판 그림을 꽤 많이 봐왔기에 특이한 터치며 선명한 색채감에 사로잡히곤 했지만 그것을 '괴물 그림'이라고는 한번도 생각한 적이 없었습니다.

"그러면 이건 어때? 이것도 괴물이니?"

나는 책장에서 모딜리아니의 화집을 꺼내어 햇볕에 그을린 붉은 구릿빛 피부로 유명한 나부상을 다케이치에게 보여주었습니다.

"와, 굉장한걸."

다케이치는 감탄해서 눈을 동그랗게 떴습니다.

"지옥의 말 같아."

"역시, 괴물이란 거야?"

"나도 이런 괴물 그림을 그려보고 싶어."

지나치게 겁이 많은 사람들이 오히려 좀 더 끔찍한 요괴를 자기 눈으로 직접 확인하고 싶어 하는 심리. 신경질적이고 겁이 많은 사람일수록 폭풍우가 더욱 강하게 휘몰아치기를 바라는 심리. 아아, 이 일군의 화가들은 인간이라는 괴물에게 상처를 입고 위협받다 엄청난 두려움으로 후들거린 끝에 결국 환영을 믿게 되어, 대낮의 자연 속에서 생생하게 요괴를 본 것이다. 게다가 그들은 그것을 익살 따위로 얼버무리지 않고 두 눈으로 본 것을 있는 그대로 표현하려고 노력한 것입니다. 다케이치의 말처럼 과감하고 용기 있게 '괴물 그림'을 그려낸 것입니다. '여기에 장래의 나의 동지가 있다'는 생각에 눈물이 날 만큼 흥분해서,

"나도 그릴 거야. 괴물 그림 말이야. 지옥의 말을 그릴 거야."

나는 무슨 이유에서인지 목소리를 몹시 낮추어 다케이치에게 그렇게 말했습니다.

나는 초등학교 시절부터 그림 그리기와 감상하기를 좋아했습니다. 그러나 내가 그린 그림은 내 글솜씨에 비해서는 그리 좋은 평가를 얻지 못했습니다. 나는 애당초 인간의 말 따위는 도통 믿지 않았기 때문에 나에게 작문은 단지 광대 짓의 서막 같은 것이었습니다. 초등학교 시절에 이어 중학교 시절에도 선생님들을 미친 듯 웃겨왔지만 정작 나에게 작문은 아무런 재미가 없다는 생각이 들었습니다. 그러나 그림만은(만화 같은 것은 별개였지만) 비록 어린아이 수준의 모방이었지만 나름대로

대상을 제대로 표현하기 위해 많은 고민과 연구를 해왔습니다.

학교 미술 교본은 시시했고, 선생님의 그림도 형편없어서 나는 내 나름대로 갖가지 표현법을 시도하며 연구해보았습니다. 중학교에 진학하면서 유화 도구를 한 벌 갖추게 되었습니다. 그러나 인상파 화풍을 흉내 낸 터치 기법으로 완성된 그림은 마치 일본의 전통 색지 공예처럼 두루뭉술해서 도대체 제대로 된 그림이라고 할 수가 없었습니다.

그런데 다케이치의 말을 듣고서야 그때까지 그림에 대한 생각 자체가 잘못되었다는 사실을 깨달았습니다. 아름답다고 느낀 것을 있는 그대로 아름답게 표현하는 것이 얼마나 미숙하고 어리석은 짓인지 깨달은 것입니다. 대가들은 아무것도 아닌 것을 자신의 주관에 따라 아름답게 표현하고, 혹은 추악한 것에 구토를 느끼면서도 거기에 대한 흥미를 감추지 않고 표현하는 희열에 젖었던 것입니다. 즉 타인의 방식에 아랑곳하지 않는 원초적 비법을 다케이치한테서 전수받았다고 할 수 있습니다.

나는 예의 여자 손님들에게는 비밀로 하고 천천히 자화상 제작에 착수했습니다. 그러나 나 스스로도 경악할 만큼 끔찍한 그림이 완성되었습니다. 그래서 '이것이야말로 가슴속에 꼭꼭 숨기고 있는 내 정체다. 겉으로는 쾌활하게 웃고 또 남들도 웃겨주지만 실은 이렇게 어둡고 우울한 마음으로 살아가고 있다. 어쩔 수 없지 않은가?' 하고 은밀히 스스로를 다독였지만 그 그림을 다케이치 이외에는 그 누구에게도 보여주지 않았습니다. 나의 익살에 감추어진 어둡고 참담한 이면이 간파당해 주변 사람들로부터 하루아침에 경계의 대상이 되는 것도 두려웠고, 이것이 내 정체인 줄 모르고 또 다른 기발한 익살로 간주되어 웃음거리가 될지도 모른다는 염려가 되었기 때문입니다. 만일 그렇게 된다면 나로서는 참으로 괴로운 일이었기에 그 그림을 바로 벽장 속 깊숙이 감춰두었습니다.

한편 학교의 미술 시간에는 나의 그 '괴물 기법'을 숨긴 채 이제까지와 마찬가지로 그저 평범하게 아름다운 것을 아름답게 그렸습니다.

나는 한참 전부터 쉽게 상처받는 나의 속마음을 다케이치에게만은 태연히 보여주었기 때문에 이번에 그린 자화상도 그에게는 안심하고 보여주어 크게 칭찬을 받았습니다. 그의 칭찬을 들은 나는 괴물 그림을 연달아 두세 장 더 그린 끝에 다케이치한테서 또 하나의 예언을 듣게 되었습니다.

"너는 위대한 화가가 될 거야."

바보 다케이치는 여자들이 내게 홀딱 반할 것이라는 예언과 위대한 화가가 될 것이라는 두 가지 예언을 내 이마에 각인시켜주었고, 나는 이윽고 도쿄로 떠나게 되었습니다.

나는 미술 학교에 들어가고 싶었지만, 아버지는 전부터 나를 고등학교에 넣어서 장차 관리로 만들 생각이라는 말씀을 나에게도 누차 하셨기 때문에 말대꾸라고는 모르던 나는 멀거니 그 말씀을 따랐습니다. 중학교 4학년이 되자 시험을 보라는 말씀을 하셨습니다. 나도 벚꽃과 바다가 있는 중학교에 싫증이 나 있던 터라 5학년에 진급하지 않고 4학년만 수료한 뒤 도쿄의 고등학교에 응시하여 합격했습니다. 나는 곧바로 기숙사 생활을 시작했지만 단체 생활의 불결하고 난폭함에 질리고 말았습니다. 그래서 익살 떠는 것도 걷어치우고 의사에게 폐 침윤 초기라는 진단서를 받아내 기숙사에서 나와 우에노 사쿠라기의 아버지 별장으로 옮겼습니다. 나는 공동생활이라는 것을 도저히 해낼 수가 없었던 것입니다. 게다가 청춘의 격정이라느니 젊은이의 긍지라느니 하는 말을 듣기만 해도 오한이 나서 도저히 그 하이스쿨 스피릿을 따라갈 수가 없었습니다. 교실도 기숙사도 뒤틀린 성욕의 배출구라는 느낌이 들었으며, 나의 완벽에 가까운 익살도 거기에서는 아무런 쓸모가 없었습니다.

아버지는 국회가 열리지 않을 때면 한 달에 한두 주일가량만 도쿄 집에 머물렀기 때문에, 아버지가 안 계실 때는 꽤 넓은 집에 나와 별장지기 노부부만 있었습니다. 나는 때때로 학교를 쉬었지만 그렇다고 도쿄 관광 같은 걸 할 마음이 생기지는 않아(나는 결국 메이지 신궁도, 구스노키 마사시게의 동상도, 센가쿠에 있는 47열사의 무덤도 못 보고 말았습니다) 집에서 하루 종일 책을 읽거나 그림을 그리며 지냈습니다. 그러나 아버지가 상경하면 아침에 서둘러 등교를 했지만 혼코의 센다키에 있는 서양화가 야스다 신타로 씨의 화방에 가서 세 시간이고 네 시간이고 데생 연습을 했습니다. 고등학교 기숙사에서 빠져나오자 학교 수업을 들으러 가도 어쩐지 청강생이라는 특이한 위치에 있는 듯했습니다. 그것은 나 혼자만의 자격지심인지는 모르지만, 아무래도 서먹서먹해서 점점 학교에 가는 것이 귀찮아졌습니다. 나는 초등학교, 중학교, 고등학교를 다니면서도 결국 애교심이라는 것을 진심으로 느끼지 못한 채 졸업했습니다. 당연히 교가 따위를 외워보려고 한 적도 없었습니다.

나는 화방의 한 미술학도에게서 술과 담배와 매춘부와 전당포와 좌익 사상을 배우게 되었습니다. 참으로 기묘한 조합이기는 했지만 사실입니다.

그 미술학도의 이름은 호리키 마사오. 도쿄 서민 동네에서 태어난 그는 나보다 여섯 살이나 나이가 많았는데, 사립 미술학교를 졸업한 뒤 자기 집에 아틀리에가 없어서 이 화방에 다니면서 서양화 공부를 계속하고 있다고 했습니다.

"5엔만 빌려줄래?"

서로 그저 얼굴만 알고 있었을 뿐, 그때까지 말 한마디 나눈 적도 없었는데 그가 그런 부탁을 해왔습니다. 나는 당황해서 어쩔 줄 몰라 하면서 5엔을 내밀었습니다.

"좋아, 술이나 마시자. 내가 너한테 한턱내는 거야. 진짜 잘

생긴 녀석이네."

차마 거절하지 못하고 화방에서 가까운 호라이의 한 카페로 끌려간 것이 그와의 교우의 시작이었습니다.

"전부터 널 유심히 보고 있었어. 그거 그거, 그 부끄럼 타는 미소, 그게 바로 미래가 촉망되는 예술가 특유의 미소라는 거야. 자, 우리 우정을 기념하는 뜻에서 건배하자! 기누 씨, 이 녀석 정말 미남이지? 그렇다고 홀딱 빠지면 안 돼. 이 녀석이 우리 화방에 나타나는 순간 유감스럽게도 나는 두 번째로 전락했다니까. 두 번째 미남."

호리키는 살빛이 가무잡잡하고 단정한 얼굴의 남자였습니다. 그림 그리는 학생으로는 드물게 반듯하게 양복을 입었고, 넥타이 고르는 취미도 고상하고, 머리는 포마드를 발라 한가운데 가르마를 타서 양옆으로 찰싹 붙이고 다녔습니다.

그곳이 낯선 장소이다 보니 나는 잔뜩 겁을 먹고 팔짱을 꼈다 풀었다 하며 가냘픈 미소를 짓고 있었는데, 맥주를 두세 잔 들이켜자 묘하게 홀가분한 기분에 젖어들었습니다.

"나도 미술학교에 들어가려고 하는데……"

"별로야 거기. 정말이지 지루해. 원래 학교라는 건 재미없는 곳이거든. 우리의 스승은 자연 속에 있느니라! 자연에 대한 파토스pathos!"

그러나 나는 그의 말에 어떤 경외감도 느끼지 못했습니다.

희한한 놈, 물론 그림 솜씨도 형편없겠지. 하지만 어울려 놀기에는 그만일지 모른다고 생각했습니다. 나는 그때 난생처음으로 진짜 도시의 건달을 만난 것입니다. 그는 나와 형태는 다르지만 이 세상 사람들의 삶에서 완전하게 유리되어 어찌할 바를 모르고 있다는 점에서는 분명히 같은 동류였습니다. 그러나 그는 자신이 전혀 의식하지 못한 채 익살을 떨고 있다는 것, 또한 익살 떠는 것의 비참함을 전혀 깨닫지 못한다는 사실이 나와는 본질적으로 다른 점이었습니다.

그저 노는 것뿐이다, 놀이 상대로 사귀는 것뿐이라며 그를 경멸하고, 그와의 교제를 부끄럽게 여기면서도 그와 함께 어울리는 사이에 결국 나는 그자에게 호되게 당하고 말았습니다.

그러나 처음에는 그를 좋은 사람, 보기 드문 호인이라고 착각했습니다. 인간에 대한 공포를 갖고 있던 내가 한순간 방심하고 도쿄의 좋은 안내자가 생겼다고 여긴 것입니다. 사실을 고백하자면 나는 혼자서 전차를 타면 차장이 두려웠고, 가부키 극장에 가고 싶어도 붉은 카펫이 깔린 계단 양쪽에 나란히 서서 안내하는 아가씨들이 두려웠고, 레스토랑에 들어가면 내 뒤에 숨죽이고 서서 접시가 비워지기만을 기다리는 웨이터가 두려웠습니다. 특히 계산할 때의 아아, 그 어설픈 손놀림이라니! 나는 물건을 사고 돈을 지불할 때면 구두쇠라서가 아니라, 너무 긴장하고 너무 부끄럽고 너무 불안하고 너무 두려워서 어찔

어쩔 현기증이 나고 눈앞이 캄캄해져서 거의 반광란 상태가 되어 물건값을 흥정하기는커녕 거스름돈을 받는 것조차 잊는 일이 다반사였고, 구매한 물건을 가지고 돌아가는 일조차 잊는 일이 허다했기 때문에 혼자서는 도쿄 거리를 마음 놓고 돌아다닐 수가 없었으므로, 어쩔 수 없이 종일 집에서 빈둥거리고 있는 실정이었습니다.

그런데 호리키에게 지갑을 맡기고 다니면 그는 흥정도 잘하고 노는 재주까지 있어, 몇 푼 안 되는 돈으로도 최대의 효과를 거두는 솜씨를 발휘했습니다. 비싼 택시를 타지 않고 전차, 버스, 소형 배 등을 이용해 최단 시간에 목적지에 도착하는 수완도 보여주었습니다. 아침에 매춘부 집에서 돌아올 때면 몇 푼 안 되는 돈으로 무슨무슨 요정에 들러 목욕을 한 뒤 따뜻한 두부에 가벼운 술까지 한잔 걸치는 호사를 만끽할 수 있는 현장 교육을 시켜주었습니다. 그 밖에 포장마차에서 파는 쇠고기덮밥이며 꼬치구이 등은 가격에 비해 영양가가 풍부하다는 연설을 늘어놓았고, 빨리 취하려면 '전기 브랜'*이 최고라고 보증했는데, 그런 식의 규모 있는 돈 씀씀이는 나를 불안이나 공포로부터 안전하게 지켜주었습니다.

---

* 마시면 온몸에 전기가 찌르르 흐르는 것처럼 느껴지는 브랜디. 도쿄 아사쿠사 주점의 가미야 바의 명물이다.

그뿐 아니라 호리키와 사귀며 가장 좋았던 점은 그가 듣는 사람의 입장을 완전히 무시한 채 오직 자신의 열정이 분출되는 대로(파토스란 상대의 입장을 무시하는 것일지도 모릅니다만) 하루 종일 허접한 수다를 늘어놓았기 때문에 같이 돌아다니다 지쳐도 어색한 침묵에 빠지는 불편함이 거의 없었습니다. 천성적으로 입이 무거운 나는 사람을 대할 때면 그 끔찍한 침묵이 나타날까봐 필사적으로 익살을 떨어왔습니다만, 이제는 이 얼간이 호리키가 알아서 익살을 자청하고 나섰기 때문에 나는 그의 말에 대답도 제대로 하지 않고, 그저 한쪽 귀로 흘려들으면서 간간이 에이, 설마! 라는 추임새를 넣는 것으로 충분했습니다.

술, 담배, 매춘부, 이러한 것들은 인간에 대한 공포를 잠시나마 잊게 해주는 꽤 좋은 수단이라는 사실을 나도 알게 되었습니다. 그런 수단을 얻기 위해서는 내가 가진 것의 전부를 팔아치워도 후회가 되지 않을 것 같다는 기분까지 들었습니다.

나에게 매춘부란 인간도 여성도 아닌 백치이거나 미치광이처럼 보였기 때문에 그 품속에서 오히려 안심하고 푹 잘 수 있었습니다. 다들 서글플 정도로 욕심이라는 것이 없었습니다. 매춘부들은 나에게서 같은 동류에게서만 느낄 수 있는 친밀감 비슷한 것을 느꼈는지 언제나 거북하지 않을 정도의 호의를 보여주었습니다. 아무런 타산도 없는 호의, 아무런 강요도 없는 호의, 두 번 다시 오지 않을 사람에게 보여주는 호의였습니다. 나는 그 백치나 미친 사람 같은 매춘부들에게서 마리아의 원광 圓光을 실제로 보았던 밤도 있습니다.

나는 인간에 대한 공포로부터 도망쳐 초라한 하룻밤의 안식을 얻기 위해 그곳으로 갔고, 그야말로 나와 '같은 부류'인 매춘부들과 노는 동안 저도 모르게 일종의 역겨운 분위기를 풍겼던 모양입니다. 그것은 나도 전혀 의식하지 못했던 이른바 '덤으로 얻은 부록'이었지만 호리키가 그 점을 지적했을 때는 아연실색하여 불쾌하기까지 했습니다. 옆에서 보기에 속된 말로 매춘부에게서 인기 얻는 법을 익혔고, 게다가 최근에는 눈에 띄게 여자 다루는 솜씨가 좋아졌다는 것입니다. 역시 여자를 다루는 솜씨는 창녀한테서 엄격하게 배우는 것이 효과적이라고 했는데, 이미 나에게는 '여자를 능숙하게 다루는 킬러' 냄새가 배어버린 겁니다. 그래서 여자들이(창녀뿐 아니라) 본능적으로 그 냄새를 맡고 접근하는, 참으로 추잡하고도 불명예스러운 분위기가 몸에 배게 되었고, 그것은 나 자신이 매춘부들에게서 얻은 정신적 휴식보다도 훨씬 두드러지게 눈에 띄었나 봅니다.

호리키는 그런 말을 반은 공치사로 한 것이었겠지만 슬프게도 마음에 무겁게 짚이는 바가 있었습니다. 예컨대 다방 여종업원한테서 유치한 편지를 받은 기억도 있고, 사쿠라기 동의 장군 댁의 스무 살가량 된 딸이 아침마다 등굣길에 용건도 없으면서 옅은 화장을 하고 자기 집 문을 들락거렸고, 쇠고기를 먹으러 가면 내가 잠자코 있어도 그곳에서 일하는 아가씨가……, 또 단골로 다니는 담배 가게 집 딸이 직접 건네는 담뱃갑 안에……, 또 가부키를 보러 가서 옆에 앉은 여자가……, 또 심야 전차에 취해서 자다가……, 또 생각지도 못한 고향의 친척 집 딸에게 절박한 편지가 왔고……, 또 누군지도 모르는 여자가 내가 집을 비운 사이 직접 만든 인형을……, 하지만 내가 극단적으로 소극적이라서 그 모든 것은 그쯤에서 끝이 났을 뿐 아무런 진전도 없었습니다. 그러나 왠지 나의 어딘가에 여자에게 꿈을 꾸게 해줄 것 같은 분위기가 들러붙어 있다는 건(여자들이 나를 좋아한다고 자만심을 갖거나 농담을 하자는 게 아니라) 부정할 수 없는 사실이었습니다. 그런데 그 사실을 호리키 같은 인간에게 지적당하자 굴욕감 비슷한 감정에 사로잡혀 씁쓸했고, 그와 더불어 매춘부와 노는 것에도 단박에 흥미를 잃어버렸습니다.

호리키는 또 그 그럴듯해 보이는 모더니티에 대한 허영심에서(호리키의 경우, 나는 지금도 그 이외의 이유는 떠올릴 수가 없습니다) 어느 날 나를 공산주의 독서회라는(R. S.라고 했던 것 같은데, 기억이 분명치 않습니다) 비밀 연구회에 데리고 갔습니다. 호리키 같은 인물에게는 공산주의 비밀 회합도 예의

'도쿄 안내'의 한 코스에 불과했는지도 모릅니다. 나는 거기서 이른바 '동지'들에게 소개되어 팸플릿을 한 부 샀고, 또한 몹시 흉측한 얼굴의 지도부 청년에게서 마르크스 경제학 강의를 들었습니다. 그러나 나에게는 그 강의가 너무나도 뻔한 이야기로만 들렸습니다. 물론 그것이 사실일 테지만 인간의 마음에는 이유를 알 수 없는 좀 더 끔찍한 것이 있습니다. '욕망'이라는 말로도 부족하고 허영심이라는 말로도 부족하며 색色과 욕慾 이 두 가지를 합친 것으로도 부족한 그 무엇, 그것이 무엇인지는 나도 잘 모르지만 인간 세상의 밑바닥에는 '경제'만으로 설명할 수 없는 기묘한 괴담 비슷한 것이 있는 것같이 느껴졌습니다. 그 괴담에 잔뜩 겁을 먹은 나는 소위 유물론이라는 것을 물 밑을 흐르듯 자연스럽게 수긍하면서도 그것을 통해 인간에 대한 공포에서 해방되어, 새싹을 보듯 희망의 기쁨을 느낄 수는 없었습니다.

그러나 나는 한번도 빠지지 않고 그 R. S.(라고 했던 것 같은데 아닌지도 모릅니다)라는 곳에 출석하여 '동지'들이 무슨 거사라도 치르듯이 긴장한 얼굴로 1 더하기 1은 2라는 식의, 거의 초등학교 산수 수준의 이론에 몰두해 있는 모습이 너무나 우스꽝스러워 나의 익살로 회합 분위기를 부드럽게 몰아가보려고 애썼습니다. 그래서인지 연구회의 딱딱한 분위기가 다소 완화되었는데, 이 인상적인 익살 덕분에 나는 그 회합에서 없어서는 안 될 존재가 되었습니다. 이 단순하기 짝이 없는 사람들은 나를 자신들과 똑같은 그저 그런 익살꾼 '동지' 정도로 생각했는지 모르지만, 만약 그렇다면 나는 이 사람들을 처음부터 끝까지 속인 셈입니다. 사실 나는 동지가 아니었습니다. 하지만 그 회합에 빠짐없이 출석하여 그들에게 익살을 서비스해주었습니다.

좋아했기 때문입니다. 나는 그 사람들이 마음에 들었습니다. 그러나 그것은 마르크스로 맺어진 친밀감은 아니었습니다.

비합법. 나는 그것을 적잖게 즐겼던 것 같습니다. 그것이 오히려 편안했습니다. 세상의 합법은 두렵고(거기에는 한없이 강한 힘이 느껴집니다) 그 구조가 이해되지 않았기에, 창문도 없고 뼛속까지 냉기가 스며드는 그 방에 앉아 있을 수가 없어서 차라리 비합법의 바다에 뛰어들어 헤엄치다 죽음에 이르는 편이 마음 편할 것 같았습니다.

'음지의 자식'이라는 말이 있습니다. 인간 세상에서는 비참한 패배자, 또는 패륜아를 지칭하는 말이지만, 나는 태어날 때부터 음지의 자식이었기 때문에 세상 사람들로부터 음지의 자식이라고 손가락질당하는 사람을 만나면 오히려 마음이 훈훈해졌습니다. 그리고 그런 나의 '훈훈한 마음'은 나 스스로가 생각해도 감탄스러울 정도로 아름다웠습니다.

또 '죄의식'이라는 말도 있습니다. 나는 살아오면서 평생을 그 죄의식에 시달렸지만 그것은 실상 조강지처와 같은 좋은 반려자로, 그것과 단둘이 적적하지만 쓸쓸히 노닥거리는 것도 나름 괜찮은 인생을 살아가는 방식 같아 보였습니다. 또 속된 말로 '정강이에 수상한 상처가 있는 몸'이라는 말도 있다고 합니다만, 그 상처는 내가 아기 때 저절로 한쪽 정강이에 생겼다가 성장과 더불어 치유된 게 아니라 더욱 깊어졌습니다. 상처는 뼛속 깊이 파고들어 밤마다 천변만화의 지옥 같은 고통을 겪었습니다. 하지만 (이것은 매우 기묘한 표현이지만) 그 상처는 차츰 나의 피며 살보다 더 정답게 느껴져서, 그 상처가 주는 고통이 상처에 생생하게 살아 있는 감정, 혹은 사랑의 속삭임이라고까지 느껴졌습니다. 그런 나였는지라 지하 운동 그룹의 분위기는 묘하게 내 마음을 편안하게 해주었습니다. 즉 그 운동의 본래 목적보다도 그 운동의 분위기가 나한테는 잘 맞았던 것입니다.

호리키의 경우는 그 얼빠진 인간이 잠시 집적대는 기분으로 구경삼아 나간 것이어서, 나를 소개하기 위해 딱 한 차례 회합에 나온 것뿐이었습니다. 이후 그는 마르크스주의자는 생산적인 면의 연구와 함께 소비적인 면의 시찰도 필요하다는 등 설익은 흰소리를 떠들어대며 더 이상 회합에는 나오지 않고, 나를 소비적인 면의 시찰 쪽으로만 유혹하려 들었습니다. 생각해 보면 그때는 다양한 형태의 마르크스주의자들이 있었습니다.

호리키처럼 모더니티에 대한 허영심에서 마르크스주의자를 자처하는 자도 있었고, 또 나처럼 그저 비합법의 냄새에 이끌려 그곳에 눌러앉은 자도 있었습니다. 만약 이들의 실체가 진정한 마르크스주의 신봉자에게 발각되었더라면 호리키도 나도 불같이 욕을 먹고 비열한 배신자로 낙인 찍혀 당장 쫓겨났을 것입니다. 그러나 나는 물론 호리키조차도 제명 처분을 당한 일은 없었습니다. 게다가 나는 비합법 세계에서 합법적인 신사들의 세계에서보다 더 생기 있고 '건강'하게 처신했기 때문에 장래가 촉망되는 '동지'로서, 우스꽝스러울 정도로 과도한 비밀 업무를 떠맡게 되었습니다. 나는 그런 임무를 단 한번도 거절하지 않고 천연덕스럽게 수락했습니다. 다른 동지들처럼 불필요하게 긴장해서 개(동지들은 경찰을 그렇게 불렀습니다)에게 의심을 사거나 불심검문을 당해 곤란을 겪는 일도 없었으며, 사람들을 슬금슬금 웃기면서 그들이 위험하다고 호들갑 떠는 일(그 운동에 참가한 이들은 그것이 뭐 대단한 일인 것처럼 긴장하고, 어설픈 탐정소설 흉내까지 내가면서 극도로 경계를 해가며 내게 부탁하는 일은 실로 한심할 정도로 시시한 것이었지만, 그럼에도 불구하고 그들은 그 임무가 엄청나게 위험한 척 허세를 부리고 있었습니다)을 확실하게 해치웠습니다. 그 당시의 내 기분은 공산당원으로 검거당해 종신형을 받아 형무소에 들어간다 하더라도 아무렇지도 않을 것 같았습니다. 세상 사람들의 '삶'이라는 것을 한없이 두려워하면서 매일 밤 불면의 지옥에서 신음하느니 차라리 감옥 쪽이 더 편안할지 모른다는 생각마저 들었기 때문입니다.

아버지는 사쿠라기 별장에서 손님을 맞고 외출하느라 바빠 같은 집에 살면서도 사흘이고 나흘이고 나와 얼굴을 마주치는 일이 거의 없었습니다. 그럼에도 어쩐지 아버지가 어렵고 두려워서 집을 나가 어딘가에서 하숙이라도 하고 싶었습니다. 그러나 그것을 입 밖에 내어 말하지 못하던 차에 아버지가 그 집을 팔 생각인 것 같다는 말을 별장지기 할아범에게서 들었습니다.

아버지는 의원 임기도 그럭저럭 끝나가고 그 밖에 이런저런 이유가 있는 것이 틀림없었습니다만, 이제 더는 선거에 나갈 마음이 없는 눈치였습니다. 더구나 은퇴 후에 지낼 집을 고향에 짓는 것으로 보아 아버지는 도쿄에 미련이 없는 것 같았습니다. 그렇다고 고작 고등학생에 불과한 나를 위해 저택과 하인을 그대로 둔다는 것은 큰 낭비라고 생각했는지(아버지의 마음도 세상 사람들의 마음과 마찬가지로 나는 이해하기가 어려웠습니다) 그 집은 곧 남의 손에 넘어갔습니다. 나는 혼코 모리카와의 센유관이라는 낡은 하숙집의 어두컴컴한 방으로 이사하면서 순식간에 돈에 쪼들리게 되었습니다.

그전까지만 해도 아버지한테서 매달 일정액의 용돈을 받아왔고, 물론 그 돈은 이삼 일 안에 금방 없어진다 해도 담배며

술, 치즈, 과일이 떨어지지 않았고, 책이며 문구, 의류 같은 것은 언제나 근처에 있는 가게에서 외상으로 구입할 수 있었습니다. 호리키한테 메밀국수며 새우튀김 덮밥 같은 것을 사줄 때에는 아버지가 단골로 다니던 동네 식당에서 먹고 아무 말 않고 나와도 별 문제가 없었습니다.

그러던 것이 하숙집에서 혼자 지내게 되자, 모든 것을 다달이 부쳐주는 용돈에만 의지해야 했기 때문에 나는 몹시 당혹스러웠습니다. 여느 때처럼 건네받은 송금은 이삼 일이 채 지나지 않아 바닥나 버렸으므로 나는 겁이 나고 불안해서 미칠 것 같아 아버지, 형, 누나들한테 번갈아가며 용돈 좀 부쳐달라는 전보와 세세한 사정을 담은 편지(편지에 호소한 사정이란 하나같이 웃기는 거짓말이었습니다. 누군가에게 뭔가를 부탁하려면 먼저 그 사람을 웃기는 것이 상책이라고 생각했습니다)를 연달아 보내는 한편 호리키에게서 배운 대로 전당포에 부지런히 드나들기 시작했지만, 언제나 돈이 궁해 쩔쩔맸습니다.

게다가 나와는 아무 연고도 없는 하숙집에서 혼자 버티며 '생활'할 능력이 없었습니다. 나는 하숙집의 내 방에서 혼자 가만히 있는 것이 무서웠습니다. 당장이라도 누군가가 나를 덮쳐 일격을 가할 것 같은 느낌이 들었기 때문입니다. 그래서 거리로 뛰쳐나와 좌익 운동을 돕거나 호리키와 함께 다니면서 싸구려 술을 마셨는데, 그 바람에 학업이며 그림 공부도 거의 포기할 정도에 이르렀습니다. 고등학교에 입학한 지 2년째 되던 11월, 나보다 나이가 많은 유부녀와 정사를 벌인 일이 들통나는 바람에 내 운명은 완전히 변하고 말았습니다.

결석을 밥 먹듯이 하고 학과 공부는 완전히 접었는데도 시험 치는 요령을 알고 있어서인지 그때까지는 고향의 부모님을 그럭저럭 속일 수 있었습니다. 하지만 학교 측에서 출석 일수 부족 등으로 비밀리에 고향의 아버지께 통지를 했는지, 맏형이 아버지를 대신하여 고압적인 장문의 편지를 나에게 보내왔습니다. 하지만 그 어떤 것보다 당장 급한 것은 돈이 부족하다는 것과 예의 운동과 관련된 임무를 더 이상 놀이 삼아 할 수 없을 만큼 격심하게 바빠졌다는 것이었습니다. 나는 중앙 지부인가 뭔가 하는, 혼코, 고이시카와, 시타야, 간다 일대에 있는 모든 학교의 마르크스 학생회 행동대장이 되었습니다. '무장봉기'가 있을 것이라는 말을 듣고는 조그만 칼을 사서(지금 생각해보면 그것은 연필도 제대로 깎을 수 없을 정도로 허술한 칼이었습니다) 호주머니에 넣고 이리저리 뛰어다니며 이른바 '연락책'을 맡았습니다.

술이라도 마시고 푹 자고 싶었지만 돈이 없었습니다. 더구나 P(당을 그런 은어로 불렀던 것으로 기억합니다만 혹시 틀렸을지도 모릅니다) 쪽에서는 숨 돌릴 틈도 없이 연달아 일거리가 들어와서 내 연약한 몸으로는 도저히 감당할 수가 없었습니다. 애당초 비합법에 대한 흥미만으로 그 그룹을 도왔을 뿐이고, 어쩌다 보니 그야말로 농담이 진담이 된다는 식으로 너무 분주해지자 나는 은근히 P쪽 사람들에게 '그건 내 전문 분야가 아니니 당신 직계 사람들에게 시키라'고 말하고 싶어질 정도로 지긋지긋해서 결국 그곳을 도망치고 말았습니다. 그러나 도망을 쳐도 전혀 기분이 좋아지지 않아 죽기로 작정했습니다.

그 무렵 나에게 특별하게 호의를 보이던 여자가 세 명 있었습니다. 한 명은 내가 하숙하고 있던 센유관의 딸이었습니다. 이 여자는 내가 예의 그 좌익 운동을 돕느라 녹초가 되어 돌아와 밥도 못 먹고 자고 있으면 메모지와 만년필을 가지고 방으로 찾아와서,

"실례할게요. 아래층에서는 시끄러운 동생들 때문에 편지 한 장 쓸 수가 있어야지요."

라면서 내 책상에서 뭔가를 한 시간이나 끄적거리고 있었습니다.

그럴 경우 내가 모르는 척하고 자버리면 될 텐데, 그 여자가 말을 걸기를 바라는 것 같아서 예의 수동적 봉사 정신을 발휘했습니다. 솔직히 한마디도 말을 하고 싶지 않았지만 피곤에 찌든 몸으로 흐음, 하고 기합을 넣고 엎드려서 담배를 한 대 입에 문 다음 말했습니다.

"여자들이 보내준 연애편지로 목욕물을 데워 목욕한 사내가

있다고 하더군요."

"어머, 웬일이야? 혹시 당신?"

"우유를 데워 마신 적은 있습니다."

"영광이네요. 많이 마시세요."

이 여자, 편지 쓴다는 핑계를 대고 언제까지 미적거릴 작정이지? 속이 빤히 들여다보이는군. 아마도 가갸거겨 따위나 써대고 있겠지.

"어디 좀 보여줘요."

죽어도 그따위 편지는 보고 싶지 않았지만 마음에 없는 소리를 하자, "어머, 싫어요. 어머머, 안 된다고요."라면서 기뻐하는 꼴이라니, 얼마나 꼴사나운지 김이 샜습니다. 그래서 나는 심부름이라도 시키자고 결심한 겁니다.

"미안하지만 전찻길 옆에 있는 약국에 가서 칼모틴 좀 사다줄래요? 너무 피곤하니까 얼굴에 열이 나서 잠을 잘 수가 없네요. 미안해요. 돈은……."

"됐어요, 돈은."

좋아서 어쩔 줄 몰라 하며 벌떡 일어섭니다. 심부름을 시킨다는 것은 여자를 실망시키는 일이 아니라 오히려 기쁨을 주는 일이라는 사실을 나는 이미 알고 있었습니다.

또 한 사람은 여자고등사범학교의 문과생인 소위 '동지'였습니다. 이 사람하고는 예의 좌익 운동 일로 싫건 좋건 매일 얼굴을 마주치지 않을 수 없었습니다. 회합이 끝난 뒤에도 그 여자는 늘 나를 따라다니며 마구잡이로 뭔가를 사주었습니다.

"나를 친누나라고 생각해."

그 말에 소름이 돋았지만 나는,

"그럴게요."

라고 우수에 찬 미소를 띠며 대답했습니다. 화를 내는 건 무서웠으므로 어떻게든 얼버무려 넘겨야 한다는 생각에 이 추악하고 끔찍한 여자에게 봉사를 했고, 그 대가로 무언가 선물을 받으면(내게 준 선물은 실로 너저분한 것들이라 받는 즉시 나는 그것들을 꼬치구이 집 영감에게 줘버렸습니다) 기쁜 얼굴로 농담을 던지며 웃겨주었습니다. 어느 여름날 밤, 도무지 내게서 떨어질 생각을 않기에 제발 들어가 주었으면 하는 바람으로 어두운 길거리에서 키스를 해주었더니, 가련하게도 미친 듯이 흥분해서 택시를 세우고는 그 운동권 사람들이 비밀리에 모이기 위해 빌린 빌딩의 좁은 방으로 나를 데리고 가더니 아침까지 소동을 벌였습니다. 정말이지 엄청난 누나라는 생각이 들어 나는 혼자서 쓴웃음을 지었습니다.

하숙집 딸이나 이 운동권 동지 누님은 어쩔 수 없이 매일 얼굴을 봐야 하는 상황이라서, 지금까지 거쳐온 수많은 여자들에게 했듯이 대충 따돌릴 수도 없었습니다. 그리고 예의 불안감 때문에 두 사람의 비위를 거스르지 않으려고 더욱 필사적이 되다 보니 결국 옴쭉달싹 못하는 신세가 되고 말았습니다.

그즈음 나는 긴자에 있는 어느 큰 카페의 여급한테 본의 아니게 신세를 지게 되었습니다. 딱 한 번 만났을 뿐인데도 신세 진 것이 마음에 걸려서 옴쭉달싹 못할 정도로 걱정과 두려움에 휩싸여 지냈습니다. 그 무렵에는 나도 호리키의 도움 없이 혼자서 전차를 탈 수 있었고, 가부키 극장에도 갈 수 있었으며, 가스리*를 입고도 카페에 드나들 수 있을 정도로 뻔뻔한 인간이 되어 있었습니다. 마음속으로는 여전히 인간의 자신감과 폭력이 못 미더워 두려워하고 걱정하면서도 겉으로는 조금씩 그들과 제대로 인사, 아니 아닙니다. 나는 역시 비굴한 익살로 쓴웃음을 짓지 않고는 인사를 하지 못하는 성격으로 타고났지만 어쨌든 반쯤 혼이 나가 갈팡질팡하는 말투이긴 해도 인사를 나눌 수 있을 만큼의 '도량'을, 예의 운동을 하느라 이리저리 돌아다닌 덕분(?)인지 아니면 여자(?)들과 어울려 마신 술(?) 덕분인지, 아니면 금전적 부자유 때문에 쩔쩔맨 덕분인지 나름대로 배워나갔습니다. 나는 어디에 있어도 두려워서 일부러 큰 카페에서 많은 취객이며 여급, 웨이터들과 섞여 있으면 이 끊임없이 쫓기는 듯한 마음이 진정되겠지, 하는 마음에 10엔을 들고 긴자의 큰 카페에 혼자 들어가서 웃으며 여급에게 말했습니다.

---

* 잔잔한 무늬가 있는 싸구려 옷.

"10엔밖에 없어. 알아서 해줘."

"네. 걱정 마세요."

어딘가 간사이 쪽 사투리가 묻어났습니다. 그리고 그 말 한 마디가 기묘하게 떨리는 내 마음을 가라앉혀주었습니다. 아니, 그것은 돈 걱정을 하지 않아도 되었기 때문이 아니라 그 여자 곁에 있으면 아무 걱정이 없을 것 같은 기분이 들었기 때문입니다.

나는 술을 마셨습니다. 그 여자가 불안을 불식시켰기 때문에 더 이상 익살 떠는 연기를 해야 한다는 강박도 없어졌으므로 내 본성인 말 없고 음습한 부분을 그대로 드러내며 묵묵히 술을 마셨습니다.

"이런 거 좋아하세요?"

여자는 갖가지 요리를 내 앞에 내놓았습니다. 나는 고개를 저었습니다.

"술만 드실래요? 나도 마셔야지."

쌀쌀한 가을밤이었습니다. 나는 쓰네코(라고 불렀던 것으로 기억합니다만 기억이 흐릿해서 확실치는 않습니다. 나는 정사 情死 상대의 이름조차 잊어버리는 사내입니다)가 일러준 대로 긴자 뒷골목의 어느 초밥 파는 노점에서 아무런 맛도 없는 초밥을 먹으며(그 여자의 이름은 잊었지만 그때 먹은 초밥이 맛없다는 사실은 또렷이 기억에 남아 있습니다. 그리고 구렁이를 닮은 까까머리 주인아저씨가 고개를 흔들며 그럴싸한 폼으로 초밥을 쥐는 모습도 눈앞에 보이는 듯 선명하게 떠올라서 훗날 전차 안에서 누군가를 보고 '아니, 어디에서 본 듯한 얼굴인데,' 하며 곰곰이 생각하다가 '아, 그 초밥집 아저씨와 닮았구나.' 하고 쓴웃음을 지은 적이 몇 번이나 있었을 정도였습니다. 그 여자의 이름이며 얼굴 생김새조차 기억에서 아득해진 지금도 그 초밥집 아저씨의 얼굴만은 그림으로 그릴 수 있을 정도로 정확하게 기억하고 있다는 것은 그때 그 초밥이 어지간히 맛이 없어 내게 추위와 고통을 생생하게 느끼게 한 것이 아닐까 생각합니다. 원래 나는 남들이 맛있는 초밥 가게라며 데려가 줘도 맛있다고 느껴본 적이 단 한번도 없습니다. 초밥은 대체로 너무 큽니다. 엄지손가락 정도 크기로 단단히 쥐어주면 안 될까, 하고 늘 생각했습니다) 그 여자를 기다렸습니다.

그 사람은 혼조에 있는 목수네 집 2층에 세 들어 살고 있었습니다. 나는 그 2층에서 평소의 음울함을 조금도 숨기지 않고, 심한 치통을 앓는 사람처럼 손으로 턱을 받치고 차를 마셨습니다. 그런데 그 여자는 그런 나의 모습이 마음에 들었던 모양입니다. 그 여자도 차가운 삭풍이 몰아치고 낙엽이 휘날리는 상황에 고립된 듯한 고독한 느낌을 주었습니다.

함께 자면서 그 여자가 나보다 두 살 연상이라는 것, 고향은 히로시마라는 것을 알게 되었습니다.

"나에게는 남편이 있어요. 히로시마에서 이발소를 했었지요. 작년 봄에 함께 도쿄로 도망쳐왔지만 남편은 도쿄에서 제대로 자리를 잡기도 전에 사기죄로 붙잡혀 형무소에 들어갔어요. 나는 매일 이런저런 걸 차입해주느라 형무소에 드나들고 있지만 내일부터는 관둘래요."

이런 식의 신상 이야기를 들려주었지만, 나는 무슨 이유에서인지 여자의 신세타령 같은 것에 전혀 흥미를 느끼지 못하는 성격입니다. 여자들의 이야기 솜씨가 서툴러서인지, 이야기의 핵심을 잡는 방식이 잘못되어서인지는 모르지만 어쨌든 나에게는 마이동풍이었던 것입니다.

쓸쓸하다.

나는 여자들의 천 마디, 만 마디 신세 한탄보다 그 한마디 중얼거림에 훨씬 더 공감이 클 것이 틀림없다고 생각하지만, 이 세상 여자들로부터 단 한번도 그 말을 들은 적이 없다는 사실을 깨닫고 몹시 이상야릇한 생각이 들었습니다. 그 여자는 입으로는 쓸쓸하다고 말하지 않았지만 무언의 지독한 외로움을 마치 한 폭의 기류처럼 몸에 두르고 있어서, 그 사람에게 가까이 다가가면 이쪽도 그 기류에 휩싸여 내가 지닌 다소 가시 돋친 음산한 기류와 뒤섞여서 '물속 바위에 내려앉은 낙엽'처럼 내 몸은 공포나 불안으로부터 멀어질 수 있었습니다.

나는 백치 같은 매춘부들의 품속에서 안심하고 잠을 잘 수 있었던 기분과는 또 다르게(무엇보다도 그 매춘부들은 명랑했습니다) 이 사기범의 아내와 보낸 하룻밤은 더없이 행복하고 (이런 엄청난 말을 아무 주저 없이 긍정적으로 사용하는 일은 이 수기 전체를 통틀어 두 번 다시 없을 것입니다) 해방된 밤이었습니다.

그러나 딱 하룻밤이었습니다. 아침에 잠에서 깨어난 나는 원래의 나, 저 경박하고 가식적인 익살꾼으로 돌아와 있었습니다. 겁쟁이는 행복마저도 두려워하는 법입니다. 솜방망이에도 상처를 입는 법이지요. 행복에 상처를 입는 일이 분명 있습니다. 나는 상처 입기 전에 얼른 이대로 헤어지고 싶어 안달하며 예의 익살꾼이 되어 연막을 쳤습니다.

"'돈 떨어지면 정 떨어진다'는 말이 있지? 그건 해석이 잘못되었어. 돈이 떨어지면 여자가 남자를 걷어차고 떠난다는 의미가 아니야. 남자에게 돈이 떨어지면 저절로 의기소침해져서 웃는 소리에도 힘이 없어지고 묘하게 삐딱해져서 나중에는 될 대로 되라는 심정이 되어 남자 쪽에서 여자를 버리게 돼. 반쯤 미쳐서 뿌리치고 내친다는 의미지. 가나자와 대사전에 그렇게 나와 있어. 딱하게도. 나는 그 마음 이해해."

분명히 그런 식의 시시한 이야기를 해서 쓰네코를 웃겼던 기억이 있습니다. 궁둥이가 무거우면 근심만 늘어나지, 라는 생각에 얼굴도 씻지 않고 재빨리 철수했습니다만, 그때 말한

돈 떨어지면 정도 떨어진다는 허튼소리는 나중에 의외의 결과를 가져왔습니다.

그러고 나서 한 달 동안 나는 그날 밤의 은인을 만나지 않았습니다. 헤어지고 난 뒤 시간이 갈수록 희열은 희미해지고 오히려 잠깐이나마 신세진 일이 부담되어 끔찍한 속박을 느끼기 시작했습니다. 술값 계산을 전부 쓰네코한테 떠안겼던 일은 마음의 큰 짐으로 남았습니다. 그러다 보니 쓰네코 역시 하숙집 딸이며 저 여자고등사범학교의 누님처럼 나를 괴롭히는 여자 중 한 명으로 느껴졌습니다. 멀리 떨어져 있었지만 끊임없이 쓰네코가 두려웠습니다. 게다가 나는 함께 잔 적이 있는 여자를 다시 만나면 상대가 느닷없이 불같이 화를 낼 것 같은 불안감에 재회라는 것을 몹시 꺼렸기 때문에 점점 더 긴자 같은 번화가를 멀리하게 되었습니다. 그러니까 그렇게 움츠러드는 성격은 결코 내가 교활해서가 아니라, 애당초 여자들이란 함께 잠을 잘 때와 아침에 일어났을 때 사이에 티끌만치도 연관을 두지 않고(완전히 망각한 듯), 양쪽 세계를 너무도 깨끗이 단절시킨 채 잘도 살아가는 저 불가사의한 현상이 잘 이해되지 않았기 때문입니다.

11월 말쯤, 나는 호리키와 간다의 노점에서 싸구려 술을 마셨습니다. 이 돼먹지 못한 인간은 그 포장마차에서 나와서도 다시 어디 가서 좀 더 마시자고 졸랐습니다. 내 지갑에 돈이 없는데도 마시자, 마시자 하며 끈덕지게 조르는 것이었습니다. 그때 나도 술을 수월찮게 마셔 간이 배 밖으로 나와 있었는지도 모르겠습니다.

"좋아! 그럼 천국으로 데려다주지. 놀라지 말라고. 주지육림이라는 곳이야……."

"카페야?"

"그래."

"가자!"

그렇게 우리 둘은 전차를 탔고, 호리키는 촐싹대며 말했습니다.

"오늘 밤은 여자의 살냄새가 정말 그리워. 호스티스한테 키스해도 될까?"

나는 호리키가 그렇게 추태를 부리는 것이 마음에 들지 않았습니다. 호리키도 그걸 알고 있었으므로 내게 그런 식으로 다짐을 받아둔 것이었습니다.

"잘 들어. 키스할 거야. 내 옆에 앉은 호스티스한테 반드시 키스할 거라고! 알았지?"

"그러시든가."

"고맙다. 난 여자한테 너무 굶주려 있거든."

긴자 4번가에서 내려 이른바 주지육림이라는 큰 카페에 돈한 푼 없이 들어가 쓰네코만 믿고 비어 있는 박스 석에 호리키와 자리를 잡고 앉았습니다. 그때 쓰네코와 또 한 명의 호스티스가 쫓아오더니 쓰네코는 호리키 옆에 앉고, 다른 호스티스는 내 옆에 털썩 주저앉는 순간 아차 싶었습니다. 쓰네코는 이제 곧 입맞춤을 당하겠구나.

아깝다고 생각한 것은 아닙니다. 나에게는 원래 소유욕이라는 것이 별로 없었고, 어쩌다가 미약하나마 아깝다는 생각이 들어도 용감하게 소유권을 주장하며 남과 다툴 정도의 기력은 없었습니다. 훗날 내 처가 겁탈당하는 것을 보고도 잠자코 지켜본 적이 있을 정도입니다.

나는 가능한 한 인간들 사이의 분쟁에는 뛰어들고 싶지 않았습니다. 그들의 소용돌이에 말려드는 것이 두려웠기 때문입니다. 쓰네코와 나는 단지 하룻밤의 관계였습니다. 쓰네코는 내 것이 아니었습니다. 그러니 '아깝다' 따위의 주제넘은 욕심을 품을 리가 있었겠습니까? 하지만 나는 멈칫했습니다.

내 눈앞에서 호리키의 맹렬한 키스를 받을 쓰네코의 처지가 가여웠기 때문입니다. 호리키한테 더럽혀진 쓰네코는 나와 헤어져야 하겠지. 게다가 나한테도 쓰네코를 붙잡을 만큼 자발적인 열정은 없어. 아아, 이젠 이것으로 끝장난 거로구나, 하고 쓰네코의 불행에 일순 멈칫하긴 했지만 이내 순순히 체념하고 호리키와 쓰네코의 얼굴을 번갈아 보며 히죽히죽 웃었습니다.

그러나 사태는 예상과는 다르게 훨씬 나쁘게 펼쳐졌습니다.

"그만둘래!"

호리키가 입술을 일그러뜨리며 말했습니다.

"아무리 그래도 이런 궁상맞은 여자와는……."

"술 좀 줘. 돈은 없어."

나는 기어들어 가는 목소리로 쓰네코에게 말했습니다. 술통에라도 빠져버리고 싶은 기분이었습니다. 이른바 속물의 눈으로 보아도 쓰네코는 취객조차 키스를 피하고 싶을 정도로 초라하고 궁상맞은 여자였던 것입니다. 의외였지만 뜻밖에도 나는 청천벽력에 박살이 난 것 같은 기분이었습니다. 나는 이제까지 전례가 없을 정도로 많은 양의 술을 마시고, 마시고, 또 마신 탓에 몸을 가누지 못할 정도로 취해 쓰네코와 얼굴을 마주 보며 슬픈 미소를 지었습니다. 글쎄, 호리키의 말을 듣고 보니 이 여자는 이상하게 늘 피곤에 절어 있어 그런지 궁상맞구나 하는 생각이 드는 것과 동시에 가난뱅이들끼리의 친화력(빈부의 불화는 진부한 듯해도 역시 드라마의 영원한 테마 중 하나라는 생각을 지금도 하고 있습니다만) 같은 것이 가슴에 솟구쳐올라 쓰네코가 사랑스럽고 불쌍해서 난생처음 내 쪽에서 적극적으로, 미약하나마 사랑의 감정이 꿈틀거리며 싹트는 것이 느껴졌습니다. 토했습니다. 인사불성이 되어 앞뒤 분간도 못할 정도였습니다. 그렇게 정신을 잃을 정도로 술을 퍼마신 것은 그때가 처음이었습니다.

눈을 뜨자 머리맡에 쓰네코가 앉아 있었습니다. 나는 혼조의 목수네 집 2층에서 자고 있었습니다.

"돈 떨어지면 정 떨어진다는 말이 농담인 줄 알았더니 정말이었나 봐요? 도무지 오지 않더니. 참으로 꼬일 대로 꼬인 인연이네요. 제가 벌면 안 될까요?"

"안 돼."

그러고 나서 여자와 잤고, 새벽녘에 여자의 입에서 '죽음'이라는 단어가 처음 나왔습니다. 그 여자도 인간으로서 삶을 영위해 나가는 것에 완전히 지쳐버린 것 같았습니다. 나 역시 세상에 대한 공포, 번거로움, 돈 문제, 마르크스 운동, 여자, 학업 등을 생각하자 도저히 더 이상 견뎌낼 수가 없을 것 같아 그 여자의 제안에 흔쾌히 동의했습니다.

그렇지만 그때까지만 해도 아직 진지하게 '죽을 각오'는 없었습니다. 그저 가벼운 '장난기'가 섞여 있었습니다.

그날 오전, 우리 두 사람은 아사쿠사 6구區의 번화가를 하염없이 헤매고 다니다가 어느 다방에 들어가서 우유를 마셨습니다.

"당신이 내줘요."

자리에서 일어나 품속의 지갑을 열었더니 동전 세 닢뿐. 수치심보다 참담한 기분이 엄습했고, 순간 뇌리에 떠오른 것은 센유관의 내 방이었습니다. 교복과 이불만 남겨져 있을 뿐 전당포에 잡힐 만한 것이라고는 아무것도 없는 황량한 방. 그 외에 내가 지금 입고 다니는 기모노와 망토. 나의 현실을 깨닫자 더는 살아갈 수가 없었습니다.

내가 망설이는 것을 보고 그녀도 일어나서 내 지갑을 들여다보았습니다.

"어머나, 겨우 그게 다야?"

무심한 목소리였습니다만 그 말 또한 뼈에 사무칠 만큼 아팠습니다. 처음으로 내가 사랑한 사람의 입에서 나온 말이었던 만큼 상처는 컸습니다. 더 이상 살아갈 수 없을 정도의 굴욕이었습니다. 아마 그즈음의 나는 아직 부잣집 아들이라는 자각에서 완전히 벗어나지 못했던 것이었겠지요. 그 순간 나는 자진해서 죽어야겠다고 결심했습니다.

그날 밤, 우리는 가마쿠라 앞바다에 뛰어들었습니다. 여자가 자신이 맨 허리띠는 술집 동료 호스티스한테 빌린 것이라며 풀어서 접은 뒤 바위 위에 얹어놓았습니다. 나도 망토를 벗어서 같은 장소에 두고는 함께 바다에 뛰어들었습니다.

여자는 죽었습니다. 그리고 나만 살아남았습니다.

내가 고등학생이었고, 아버지의 사회적 명성도 어느 정도 있어서 뉴스거리가 될 만했는지 신문에도 제법 크게 보도되었다고 합니다.

나는 해변에 있는 병원에 수용되었고, 고향에서 친척 한 사람이 와서 이런저런 수속을 밟아주었습니다. 그는 고향 집에 계신 아버지를 비롯한 온 집안 식구가 격분해 있으니 이제 친가와 의절당할지 모른다고 전해주고는 돌아갔습니다. 하지만 나는 그런 문제보다는 죽은 쓰네코가 그리워서 울기만 했습니다. 정말이지 지금까지 사귀었던 여자들 중에서 그 빈상의 쓰네코만 좋아했기 때문입니다.

하숙집 딸에게서 단가短歌를 50수나 늘어놓은 긴 편지가 왔습니다. '살아달라'는 기묘한 단어로 시작하는 단가만 50수였습니다. 뿐만 아니라 간호사들이 밝게 웃으며 병실에 놀러 와서는 내 손을 꼭 잡아주고 돌아가기도 했습니다.

그 병원에서 내 왼쪽 폐에 이상이 있다는 사실을 발견했는데, 이는 내게 엄청나게 유리하게 작용했습니다. 이윽고 내가 자살 방조죄라는 죄명으로 병원에서 경찰서로 끌려갔을 때, 경찰서에서는 나를 환자 취급하며 특별 보호실에 수용했습니다.

한밤중에 보호실 옆의 숙직실에서 철야 당직을 서고 있던 나이 든 노순경이 방문을 살짝 열고 말을 걸어왔습니다.

"어이! 춥지? 이쪽으로 와서 불 좀 쬐지그래."

나는 일부러 다소곳하게 숙직실로 들어가 의자에 앉아 난롯불을 쬐었습니다.

"역시 죽은 여자가 그리울 테지?"

"네."

일부러 기어들어 가는 듯한 목소리로 대답했습니다.

"그런 게 사람의 정이라는 거야."

그는 차츰 대담한 질문을 퍼붓기 시작했습니다.

"여자랑 어디서 처음 관계를 맺었나?"

마치 재판관처럼 거드름을 피우며 묻는 것이었습니다. 그는 나를 어리다고 얕잡아보고는 가을밤의 심심풀이로 삼을 요량이었음이 틀림없었습니다. 자신이 마치 취조 주임이라도 되는 양 음담패설 같은 진술을 들어보려는 심산을 내비쳤습니다. 재빨리 눈치 챈 나는 웃음이 터지려는 것을 억지로 참느라 애를 먹었습니다. 일개 순경 따위의 그러한 '비공식적인 심문'에는 대답을 일절 거부해도 상관없다는 사실쯤은 이미 알고 있었습니다. 그러나 긴 가을밤의 흥취를 돋우기 위해서 나는 그야말로 유순하게 그 순경은 취조 담당형사이고, 형벌의 경중을 결정하는 것도 순경의 마음에 달려 있다는 것을 믿어 의심치 않는다는 듯이, 이른바 진실한 마음을 가장해 그의 호색가다운 호기심을 만족시킬 만한 적절한 '진술'을 했습니다.

"음, 대충 짐작이 가는군. 뭐든 정직하게 대답한다면야 우리 쪽에서도 다소 배려를 해주지."

"감사합니다. 잘 부탁드립니다."

그야말로 신의 경지에 다다른 연기였습니다. 게다가 나 자신을 위해서는 아무런 득이 되지 않는 열연이었습니다.

날이 밝자 나는 서장에게 불려갔습니다. 이번에는 진짜 취조였습니다.

문을 열고 서장실로 들어가자마자 서장이 말했습니다.

"어이쿠, 미남이시네. 그렇다고 자네가 잘못된 건 아니네. 미남을 낳은 자네 어머니 잘못이지."

거무튀튀한 피부에 대학깨나 나온 듯한 느낌의 젊은 서장이었습니다. 갑자기 그런 말을 듣자 나는 내 얼굴 반쪽에 붉은 반점이라도 붙어 있는 보기 흉한 불구자이기라도 한 것처럼 비참한 기분이 들었습니다.

유도 선수나 검도 선수 같은 이 서장의 취조는 실로 담백했는데, 간밤의 은밀하고 집요했던 노순경의 호색적인 '취조'와는 천양지차였습니다. 심문이 끝나자 서장은 검찰청으로 보낼 서류를 작성하면서 말했습니다.

"건강에 신경 써야겠는걸. 혈담이 나온다면서?"

그날 아침 이상하게 기침이 나서 기침을 할 때마다 수건으로 입을 가렸는데, 그 수건에 빨간 우박이 떨어진 것 같은 핏자국이 묻어 있었습니다. 하지만 그것은 목에서 나온 피가 아니라 어젯저녁 귀 아래에 생긴 작은 염증을 건드려 나온 피였습니다. 그러나 나는 사실을 말하지 않는 편이 나을지도 모른다는 생각이 들어서 그냥 "네!"라고, 눈을 내리깔고 감사의 분위기를 풍기는 대답을 했습니다.

"기소할지 안 할지는 검사님이 결정할 일이지만, 오늘 자네의 신원을 인수할 인수인에게 전보나 전화로 요코하마 검사국으로 오라는 연락을 하는 게 좋겠어. 누구 있겠지? 보호자나 보증인이 될 만한 사람 말이야."

아버지의 도쿄 별장에 드나들던 서화 골동품상인 시부타라는 사람이 생각났습니다. 아버지에게 빌붙어 지낸 적이 있는 그는, 나와 같은 고향 사람으로 사십 대의 독신이었습니다. 나는 땅딸막한 키의 그 남자가 우리 학교의 내 보증인이라는 사실을 떠올렸습니다. 그 남자의 얼굴, 특히 눈매가 넙치를 닮아서 아버지는 그를 늘 넙치라고 불렀고, 나도 그렇게 부르는 데 익숙해져 있었습니다.

나는 경찰의 전화번호부를 빌려서 넙치네 집 전화번호를 찾아낸 다음 전화를 걸어 요코하마 검사국으로 와 달라고 부탁하자, 그는 사람이 완전히 달라져서 거드름을 피우는 어조로 말을 하긴 했지만 일단 내 부탁은 들어주었습니다.

"이봐, 그 전화기 당장 소독해. 혈담이 나온다잖아."

내가 보호실로 돌아오자 부하들에게 그렇게 말하는 서장의 목소리가 보호실에 앉아 있는 나에게까지 들렸습니다.

점심때가 조금 지나 나는 가는 밧줄에 몸이 묶였습니다. 망토로 밧줄을 감추는 것은 허락되었지만, 밧줄의 끝을 젊은 경찰 두 명이 꽉 쥐고 같이 전차를 타고 요코하마로 향했습니다.

하지만 나는 전혀 불안감이 없었고, 경찰서의 보호실이며 노순경이 그리웠습니다. 아아, 나는 어째서 그럴까요? 죄인이 되어 포박당하자 오히려 안도의 한숨이 나오면서 편안해지다니, 당시의 추억을 써내려가고 있는 지금도 말할 수 없는 해방감과 함께 기분이 좋아집니다.

하지만 그 당시의 그리운 추억들 가운데는 평생 잊지 못할 진땀나는 비참한 실수도 있습니다. 나는 검사국의 어두컴컴한 방에서 검사의 간단한 취조를 받았습니다. 검사는 마흔 안팎의 조용하고(만일 내가 미남이라고 해도 분명 그것은 사악하고 음탕한 분위기의 미모일 것입니다만, 그 검사의 얼굴은 '반듯하게 잘생겼다'고 말하고 싶을 정도로 총명하고 고요해서 평온한 기운마저 감돌았습니다) 확 트인 성격의 소유자 같아서 나역시 완전히 경계심이 풀려 멍하니 진술을 했습니다만, 갑자기 예의 기침이 나와서 주머니에서 손수건을 꺼냈습니다. 그때 얼핏 손수건에 묻은 피를 보고 기침 또한 어쩌면 소용에 닿을지도 모른다는 얄팍한 생각에 콜록콜록 두 번 정도, 더구나 억지로 힘을 주어 과장되게 하고는 손수건으로 입을 가린 채 검사의 얼굴을 흘끔 보았습니다. 그 순간,

"진짜야?"

참으로 고요한 미소였습니다. 식은땀이 서 말은 흘렀습니다. 그때의 상황은 지금 생각해도 당혹스럽습니다. 중학생 시절 그

바보 다케이치의 "부러 그랬지?"라는 말을 들었을 때 지옥으로 굴러떨어졌던 충격이 이보다 더했을까요? 이 두 번은 내 전 생애의 연기 인생에서 가장 큰 낭패의 기록입니다. 검사에게서 그런 고요한 모욕을 당하느니 차라리 10년형을 언도받는 편이 낫겠다는 생각마저 들 정도였으니 말입니다.

나는 기소 유예로 풀려났습니다. 하지만 기쁘기는커녕 말할 수 없이 참담한 기분으로 검사국 대기실의 긴 의자에 앉아 보증인인 넙치가 오기를 기다리고 있었습니다.

등 뒤의 높은 창문으로 저녁노을이 지는 하늘이 보이고 기러기들이 '여女' 자를 그리며 날아가고 있었습니다.

세 번째 수기

1

다케이치의 예언은 하나는 맞고 하나는 빗나갔습니다. 여자들이 내게 홀딱 반할 것이라는 명예롭지 못한 예언은 맞았습니다만, 위대한 화가가 될 것이라는 축복의 예언은 빗나갔습니다.

나는 겨우 조잡한 잡지에 그림을 싣는 무명 만화가가 되었을 뿐입니다.

가마쿠라 정사 사건으로 학교에서 쫓겨난 나는 넙치네 집 2층의 한 평 남짓한 방에 기거하며 고향에서 다달이 부쳐주는 보잘것없는 돈으로, 그것도 내게 직접 보내는 것이 아니라 넙치에게 몰래 보내주는 모양이었습니다만(더구나 그 돈은 고향의 형들이 아버지 몰래 보낸다는 형식이었습니다) 그뿐, 그 외에는 고향에서 일절 연락이 없었습니다. 늘 부루퉁해 있는 넙치는 내가 살갑게 웃어도 전혀 반응을 보이지 않았습니다. 인간이라는 것이 이렇게도 간단히, 그야말로 손바닥 뒤집듯 변할 수 있다는 것이 참으로 기막혀서 오히려 우스운 느낌이 들었습니다. 그는,

"나가시면 안 됩니다. 절대로 나가지 마십시오."

라는 말만 되풀이하는 것이었습니다.

넙치는 내가 자살할 가능성이 있다고, 즉 여자의 뒤를 쫓아 또다시 바다로 뛰어들 위험이 있다고 판단한 듯, 나의 외출을 철저히 단속했습니다. 하지만 술도 마시지 못하고, 담배도 피우지 못하고, 아침부터 밤까지 2층 방의 고타츠*에 처박혀서 낡은 잡지 나부랭이나 뒤적이며 바보같이 지내다 보니 어느새 자살할 기력조차 잃고 말았습니다.

넙치의 집은 오쿠보의 의학전문학교 근처에 있었습니다. 서화 골동상 '청룡원'이라는 간판 글씨만큼은 꽤 허세를 부려 붙여놓았지만, 한 건물에 두 집이 세 들어 있는 상황이었으므로 입구도 좁고, 가게 안은 먼지투성이로 변변치 않은 잡동사니

---

* 숯불이나 전기 등의 열원 위에 틀을 놓고 그 위에 이불을 덮게 된 난방 기구.

만 잔뜩 늘어놓고 있었습니다(하긴 넙치는 그 가게의 잡동사니로 장사를 하는 것이 아니라 소위 돈깨나 있는 분이 소장하고 있는 골동품을 또다른 돈깨나 있는 분에게 소유권을 양도할 때 대활약을 해서 돈을 버는 모양이었습니다). 그가 가게에 앉아 있는 일은 거의 없었고, 대개는 아침부터 심각한 표정으로 서둘러 외출을 했습니다. 가게는 열일여덟 살가량의 점원 혼자서 지켰는데, 이 점원은 나의 감시자 역할도 겸하고 있었습니다. 그는 틈만 나면 바깥에서 근처 아이들과 캐치볼 등을 했는데, 2층의 군식구를 바보나 미치광이쯤으로 생각하는지, 내게 어른들이 하는 설교 비슷한 것을 하기도 했습니다. 나는 천성적으로 다른 사람과 싸움을 못하는 성격인지라 때로는 지친 듯, 때로는 감탄한 표정을 지으며 그 점원의 말에 귀를 기울이며 고분고분 복종했습니다.

이 점원은 시부타가 어딘가에서 낳아온 아이였지만 뭔가 말 못할 사정이 있어서 부자지간이라는 사실을 떳떳이 밝히지 못했는데, 시부타가 독신으로 계속 지내는 것도 그 문제와 관련이 있는 듯했습니다. 예전에 집안 식구들로부터 그와 관련된 소문을 잠깐 들었던 기억이 있는데, 내가 워낙 다른 사람의 일에 무심하다 보니 자세한 사정은 잘 알지 못합니다. 그러나 그 점원의 눈매도 묘하게 물고기 눈을 연상시키는 걸 보면 어쩌면 넙치가 진짜 밖에서 낳아온 사생아……. 하지만 정말 그렇다면 두 사람은 실로 쓸쓸한 부자지간이라고 해야 할 것입니다. 밤늦게 2층에 있는 나 몰래 소바를 시켜서 둘이서 말없이 먹은 적도 있습니다.

넙치네 집의 식사는 늘 그 점원이 준비했습니다. 점원은 2층의 골칫거리 군식구의 밥은 따로 차려 매번 끼니때마다 날라다 준 뒤 넙치와 함께 계단 아래의 습기 찬 골방에서 덜그럭덜그럭 그릇 부딪치는 소리를 내며 분주히 식사를 했습니다.

3월 말경의 어느 날 저녁, 넙치는 뜻밖의 돈벌이라도 생겼는지 아니면 무언가 별도의 술책이라도 마련했는지(그 두 가지의 추측이 다 맞았다고 해도, 아마도 나 따위는 상상도 할 수 없는 사소한 이유도 몇 있었겠습니다만) 오랜만에 나를 술까지 곁들인 아래층 식탁으로 초대했습니다. 게다가 넙치가 아닌 다랑어 회를 내놓고는 스스로 감탄하고 찬탄하면서 멍하니 앉아 있는 군식구에게 찔끔 술을 권하며 말했습니다.

"앞으로 어떻게 하실 생각입니까."

나는 그 질문에는 대답도 않은 채 접시 위의 정어리 새끼 포를 집어 작은 물고기의 은빛 눈알을 바라보고 있자니 은근히 취기가 오르면서 자유롭게 놀러 다니던 시절이 그리웠고, 호리키조차도 그리웠는데, 정말이지 '자유'가 그리워서 하마터면 울음이 터질 뻔했습니다.

나는 이 집에 온 뒤로는 익살을 떨 의욕조차 잃어버려서 그저 넙치와 점원 아이의 멸시에 몸을 내맡기고 있었습니다. 넙치는 나와 속을 터놓고 길게 이야기를 나누고 싶은 생각은 없는 것 같았으므로, 나 또한 그런 넙치를 쫓아다니며 무얼 호소하고 싶은 마음이 생기지는 않았기에 완전히 얼빠진 식객 노릇만 하고 있었습니다.

"기소 유예라는 것은 전과 몇 범이라든지 그런 것은 아닌 것 같더군요. 그러니까 당신이 마음먹기에 따라 얼마든지 갱생할 수도 있다는 말입니다. 당신이 마음을 다잡고 진지하게 내게 의논을 해온다면 나도 생각해보겠어요."

넙치의 말투는, 아니, 세상 모든 사람들의 말투는 이처럼 난해하고 어딘지 모르게 애매모호하고 책임을 회피하려는 듯하면서도 복잡 미묘한 뭔가가 숨겨져 있어서, 거의 무익하게 생각되는 엄중한 경계와 무수하고 복잡하게 뒤엉킨 쩨쩨한 계산속에 나는 매번 당황하고 맙니다. 그래서 그만 될 대로 되라는 식이 되어 익살을 떠는 것으로 얼버무리거나 무언의 긍정으로 모든 것을 상대에게 맡겨버리는 이른바 패배자의 태도를 취하게 되는 것입니다.

그때 넙치가 나한테 이렇게만 말해주었어도 쉽게 끝날 일이었다는 것을 나는 한참이 지나서야 알았습니다. 넙치의 불필요한 경계심, 아니 이 세상 사람들의 불가사의한 허세와 체면치레에 나는 암울해졌습니다.

넙치는 그때 그냥 이렇게만 말하면 되었던 것입니다.

"공립이건 사립이건 일단 4월부터 한 군데를 선택해 다니십시오. 당신이 학교에 들어가기만 하면 생활비는 고향에서 좀 더 많이 보내주기로 되어 있습니다."

훨씬 뒤에 안 일이지만 사실은 그랬던 것입니다. 그랬다면 나도 그 말을 순순히 따랐을 겁니다. 그런데 넙치가 불필요하게 신중을 기하는 바람에 일이 묘하게 틀어져서 내 삶의 방향이 완전히 어긋나버린 것입니다.

"진지하게 나와 의논할 마음이 없다면 할 수 없지 뭐."

"무슨 의논요?"

나는 정말이지 아무런 짐작도 할 수 없었습니다.

"그야 당신 마음에 달린 일 아니겠어요?"

"예컨대?"

"예컨대라니, 이제부터 대체 어쩔 작정이오?"

"일을 하는 게 좋을까요?"

"아니, 당신 생각이 대체 어떤지 묻는 거요."

"글쎄요, 학교에 다니려고 해도…….'"

"당연히 돈이 필요하겠지요. 그러나 문제는 돈이 아닙니다. 당신 마음가짐이지요."

돈은 고향에서 보내주기로 되어 있다고 왜 그 말 한마디를 해주지 않은 것일까요? 그 한마디에 내 마음이 결정되었을 텐데. 그때 나는 완전히 오리무중이라 뭘 어떻게 해야 할지 알 수 없었습니다.

"어때요? 그래, 장래 희망이라는 것이 있습니까? 도대체가 그…… 사람 하나 뒷바라지하는 것이 얼마나 힘든 일인지, 그 당사자는 알 리가 없겠지만."

"죄송합니다."

"정말 걱정입니다. 내가 일단 당신 뒷바라지를 한다고 말한 이상 당신이 어영부영 지내는 건 절대 못 봅니다. 당당하게 갱생의 길을 걷겠다는 각오를 보여주었으면 합니다. 이를테면 당신이 장래 계획에 대해 진지하게 상담을 해온다면 나도 얼마든지 응할 생각이 있습니다. 어차피 이 넘치는 가난뱅이니까 예전처럼 호사스러운 생활을 원한다면 기대에 어긋나겠죠. 하지만 당신이 마음을 다잡고 장래의 계획을 확실히 세운 뒤 내게 의논해온다면 미약하지만 당신의 갱생을 위해 힘써볼 생각입니다. 아시겠습니까, 내 마음을? 도대체 당신은 이제부터 어떻게 할 생각입니까?"

"여기 있을 수 없다면 일자리를 찾아서……."

"진심으로 그런 말씀을 하는 거예요? 요즘 세상에는 제국대학을 나와도……."

"아뇨, 월급쟁이가 될 생각은 없습니다."

"그러면 어쩔 겁니까?"

"화가가 될 겁니다."

큰맘 먹고 그렇게 말했습니다.

"뭐라고요?"

나는 그때 목을 움츠리고 웃어젖히던 넙치의 얼굴에 나타난 교활한 표정을 잊을 수가 없습니다. 경멸하는 듯했지만 그것과는 다른, 세상을 바다에 비유한다면 바닷속 깊은 곳의 헤아릴 수 없는 심연에서 흔들리는 기묘한 그림자 같다고나 할까요? 어른들 속의 깊은 밑바닥을 엿보게 하는 그런 웃음이었습니다.

'이래가지고는 이야기고 뭐고 할 수가 없다, 아직도 정신을 못 차린 것 같다, 좀 더 생각해봐라, 오늘 밤새 진지하게 생각해봐라'는 말을 듣고 나는 쫓기듯 2층으로 올라가서 누워 있었지만 이렇다 할 만한 묘안이 떠오르지 않았습니다. 그래서 새벽이 되자 넙치의 집에서 도망쳐 나왔습니다.

'저녁때, 틀림없이 돌아오겠습니다. 오른쪽에 적혀 있는 친구 집에서 장래의 계획을 상의하고 오겠습니다. 걱정 마십시오. 정말입니다.'

연필로 이런 내용의 편지를 크게 쓰고 나서 아사쿠사에 있는 호리키 마사오의 집 주소와 이름을 귀퉁이에 적은 다음 살그머니 넙치네 집을 나섰습니다.

내가 도망친 것은 넙치에게 훈계받은 것이 분해서가 아니었습니다. 정말이지 나는 넙치 말대로 의지가 굳건한 사람이 아넌데다가 장래 계획이고 뭐고 전혀 세워져 있지도 않았습니다. 게다가 넙치에게 신세를 지는 것도 미안하고, 만에 하나 나에게 의욕이 생겨 뜻을 세운다고 해도 그 갱생 자금을 가난뱅이 넙치로부터 매달 원조받아야 한다고 생각하자 괴로워 견딜 수가 없었습니다.

그렇다고 내가 '장래의 계획'을 호리키 녀석 따위와 의논할 마음으로 넙치네 집을 나온 것은 아니었습니다. 그저 아주 잠시나마 넙치를 안심시킬 목적으로(그 사이에 내가 조금이라도 멀리 도망치고 싶은 탐정소설적 계략으로 그런 메모를 남기고 나왔다기보다는, 아니, 그런 생각을 전혀 하지 않은 것은 아니지만 그보다는 역시 갑자기 넙치에게 쇼크를 주어 그를 혼란에 빠뜨리거나 당혹스럽게 하는 것이 두려웠기 때문에 편지를 써두었다고 하는 편이 좀 더 정확하리라 생각합니다. 어차피 들킬 게 뻔한 일을 있는 그대로 털어놓는 것이 두려워 무언가 장식을 덧붙이는 것 또한 나의 서글픈 성격 중의 하나입니다. 그건 세상 사람들이 '거짓말쟁이'라고 부르며 경멸하는 것과 비슷한 성향이긴 하지만, 나는 나 자신의 이익을 위해 그런 장식을 덧붙이지는 않습니다. 단지 분위기가 일변하여 흥이 깨지는 것이 질식할 정도로 두려웠기 때문에, 나중에 내가 불이익을 당하리라는 것을 뻔히 알면서도 그 '필사적인 봉사'를, 그 봉사가 나약하고 뒤틀린 바보짓이라 하더라도, 그 봉사 정신에서 저도 모르게 한마디 덧붙이게 되는 경우가 많았던 것 같습니다. 그러나 이 습성 또한 세상의 이른바 '정직한 사람들'에게 송두리째 이용당하는 약점이 되었습니다) 그때 문득 머릿속에 떠오르는 대로 호리키의 주소와 이름을 편지지 끝에 슬쩍 써두었던 것입니다.

넙치네 집을 나서서 신주쿠까지 걸어가서 품속에 지니고 있던 책을 팔아치우고 나자 또다시 막막해졌습니다. 나는 누구에게나 친절하게 대했지만 '우정'이라는 것을 한번도 실감해본 적이 없었습니다(물론 호리키같이 그저 어울려 노는 친구는 별도로 치더라도). 모든 인간관계가 그저 고통스럽기만 할 뿐이어서, 그 고통을 누그러뜨리려고 얼마나 필사적으로 익살 떠는 연기를 했던지 녹초가 되고 말았습니다. 겨우 얼굴이나 아는 정도의 지인의 얼굴, 아니 그 비슷하게 닮은 얼굴조차도 거리에서 마주칠 경우 흠칫해서 일순간 현기증이 날 정도로 불쾌한 전율이 덮쳐드는 상황이고 보니, 남들에게 호감을 사고 있다는 것을 알면서도 그들을 사랑하는 능력은 부족했던 것입니다(하긴 나는 사람들에게 과연 '사랑'하는 능력이 있는지 어떤지 대단히 의문스럽게 생각합니다). 그런 나에게 소위 '친구' 같은 것이 생길 리 없었고, 게다가 나에게는 남의 집을 '방문'할 오지랖조차도 없었던 것입니다. 남의 집 대문은 저 『신곡』에 나오는 지옥의 문 이상으로 으스스했고, 그 문 안쪽에서 무시무시한 용 같은 비릿한 괴수가 꿈틀거리고 있을 것 같은 느낌을, 과장이 아니라 실제로 느꼈던 것입니다.

누구와도 교제가 없다. 그 어디에도 찾아갈 곳이 없다.

호리키.

그야말로 농담이 진담 된 꼴입니다. 그 편지에 쓴 대로 나는 아사쿠사의 호리키를 찾아가기로 한 것입니다. 지금까지 내가 먼저 호리키의 집을 찾은 적은 한번도 없었고, 대개는 전보로 호리키를 내가 있는 곳으로 불러냈습니다. 하지만 지금은 그 전보료조차 부담이 되었고, 게다가 초라한 내 처지를 생각하자 심사가 뒤틀려 있던 터라 내가 전보를 친다고 해서 호리키가 와줄 거라는 보장도 없다는 생각이 들었기 때문에 그토록 어려운 '방문'을 결심한 것입니다. 한숨을 쉬며 전차를 탔습니다. 내가 이 세상에서 유일하게 의지할 만한 사람이 호리키 단 한 사람밖에 없다고 생각하자 등줄기가 서늘해지면서 처참한 기운이 엄습했습니다.

호리키는 집에 있었습니다. 호리키네는 지저분한 골목 안쪽에 위치한 2층 집에 살았는데, 호리키는 2층에 단 하나뿐인 세 평짜리 방을 사용했고, 아래층에서는 그의 노부모가 젊은 기술자와 셋이서 끈을 꿰매거나 박는 방식으로 게다를 만들고 있었습니다.

호리키는 그날, 도회지 사람으로서의 새로운 면모를 나에게 보여주었습니다. 바로 타산적 얌체 근성이었습니다. 시골 사람인 내가 깜짝 놀라 눈이 휘둥그레질 정도로 냉랭하고 교활한 에고이즘이었습니다. 그는 나처럼 마냥 되는 대로 휩쓸려 지내는 사내가 아니었던 것입니다.

"자네한테는 정말 두 손 들었어. 아버지에게 용서는 받았나? 아직 안 받았단 말이야?"

도망쳐 나왔다고는 차마 말할 수 없었습니다.

나는 여느 때처럼 거짓말로 얼버무렸습니다. 호리키가 금세 알아차릴 것이 뻔한데도 말입니다.

"그건 어떻게든 해결되겠지."

"이봐, 웃을 일이 아니라고! 충고 한마디 하겠는데, 바보짓은 이제 그만하지그래. 오늘은 내가 볼일이 좀 있어. 요즘 이래저래 좀 바빠서 말이야."

"볼일이라니, 뭔데?"

"아니, 그 방석 실은 왜 끊고 그래."

나는 이야기를 하면서 내가 깔고 앉은 방석을 꿰맨 실인지 장식 끈인지 모르지만, 모서리에 술처럼 달린 실오라기 하나를 손가락 끝으로 가지고 놀다가 쭉 잡아당긴 것입니다. 호리키는 자신의 집 물건이라면 방석의 실 한 올조차 아까운지 민망해하는 기색도 없이 눈을 부릅뜨고 나를 노려봤습니다. 생각해보니 호리키는 지금까지 나와 사귀는 동안 뭐 하나 잃은 게 없었습니다.

호리키의 노모가 단팥죽 두 그릇을 쟁반에 받쳐 들고 왔습니다.

"어휴, 이런!"

호리키는 지극한 효자인 양 노모를 보면서 황공해했고 말투는 부자연스러울 정도로 정중했습니다.

"어머니 죄송합니다. 팥죽인가요? 뭘 이렇게까지 신경 쓰실 필요는 없는데. 정말 융숭한 대접이군요. 저는 볼일이 있어서 금방 나가야 해요. 아닙니다. 모처럼 어머니가 솜씨를 발휘한 단팥죽인데, 황송합니다. 들겠습니다. 자네도 어때, 우리 어머니가 애써 만드신 거라고. 와! 이것 참 맛있네. 정말 맛있어. 이렇게까지 극진하게 대접해주시다니요."

딱히 연기만도 아닌 듯 무척 반색을 하며 맛있게 먹는 것이었습니다. 나도 그것을 후르르 먹었습니다만 국물은 역한 물 냄새가 났고, 속에 넣은 새알도 떡이 아니라 정체를 알 수 없는 것이었습니다. 결코 빈곤을 비웃는 것이 아닙니다(나는 그때 그 팥죽이 맛이 없다고 느끼지는 않았습니다. 나에게는 빈곤에 대한 공포감은 있어도 경멸하는 마음은 없다고 생각합니다). 나는 단팥죽과 그 단팥죽을 좋아하는 호리키를 보며 도시인의 깍쟁이 근성, 또 안팎을 분명하게 구별해서 행동하는 도쿄 사람의 실체를 보게 되었습니다. 안팎 구별 없이, 그저 끊임없이 인간의 삶에서 도망쳐 다니는 얼간이인 나는 혼자만 완전히 뒤처져서 호리키한테까지 버림받았다는 느낌에 당혹스러웠으므로 칠이 벗겨진 젓가락과 단팥죽을 들고 있는 동안 견딜 수 없는 비애를 맛보았다는 사실을 기록해두고 싶을 뿐입니다.

"안됐지만 나는 오늘 볼일이 있어서 말이지."

호리키가 일어서서 윗옷을 걸치면서 말했습니다.

"이만 실례하겠네. 미안하네."

그때 호리키에게 여자 손님이 찾아오면서 나는 급변하는 운명을 맞았습니다.

호리키가 갑자기 활기를 되찾으며 말했습니다.

"아, 죄송합니다. 지금 당신한테 가려던 참이었는데 이 사람이 갑자기 찾아오는 바람에. 아니, 상관없습니다. 자, 들어오시죠."

나는 깔고 앉아 있던 방석을 빼어 뒤집어서 내밀었습니다. 호리키는 어지간히 당황했는지 내 손에서 방석을 채가 다시 뒤집어서 그 여자한테 권했습니다. 그 방에는 호리키의 방석 말고는 손님용 방석은 하나밖에 없었습니다.

여자는 마른 체격에 키가 컸습니다. 그녀는 방석을 옆에 놓고 입구 가까운 쪽에 앉았습니다.

나는 멍하니 두 사람의 대화를 엿듣고 있었습니다. 여자는 잡지사 직원인 듯했는데, 호리키에게 부탁한 삽화가 어떻다는 둥 말하는 것으로 보아 그걸 받으러 온 모양이었습니다.

"시간이 없어요."

"다 됐습니다. 이미 완성해뒀습니다. 여기 있습니다, 자."

그때 전보가 왔습니다.

호리키의 좋았던 기분은 전보를 읽는 순간 급작스레 나빠졌습니다.

"나 참, 아니, 도대체 이건 어떻게 된 거야?"

넙치에게서 온 전보였습니다.

"어쨌든 빨리 집에 가봐. 내가 데려다주면 좋겠지만 지금 그럴 틈이 없어. 가출한 주제에 그렇게 태평스런 얼굴을 하고 있었다니!"

"댁이 어디세요?"

"오쿠보입니다."

나도 모르게 대답이 튀어나와 버렸습니다.

"그렇다면 저희 회사 근처네요."

여자는 고슈 출신으로 스물여덟 살이었습니다. 다섯 살짜리 계집아이와 함께 고엔지의 아파트에서 살고 있었습니다. 남편과 사별한 지 3년째 되었다고 했습니다.

"당신, 무척이나 고생하며 자란 사람 같아요. 눈치가 빠른 걸 보니. 딱하게도."

처음으로 정부情夫 같은 생활을 시작했습니다. 시즈코(이 여기자의 이름입니다)가 신주쿠에 있는 잡지사에 일하러 가면 나와 시게코라고 하는 다섯 살짜리 계집아이랑 둘이서 얌전하게 집을 봤습니다. 지금까지 어머니가 집을 비우는 동안 시게코는 아파트 관리인의 방에서 놀았던 것 같습니다만, '눈치 빠른 아저씨'가 놀이 친구로 나타나 함께 놀아주니 무척 신이 난 것 같았습니다.

일주일 정도 멍하니 거기에 있었습니다. 아파트 창 바로 앞에 있는 전깃줄에 무사 댁 하인의 모습이 그려진 연이 걸려 있었는데, 먼지바람에 휘날려 찢겨 있었지만 집요하게 전깃줄에 매달린 채 고개를 끄덕이곤 해서, 나는 그것을 볼 때마나 쓴웃음이 나면서 얼굴을 붉혔습니다. 그 연은 꿈속에서까지 나타나 나를 악몽에 시달리게 했습니다.

"돈이 좀 필요해……."

"……어느 정도?"

"많이……. 돈 떨어지면 정도 떨어진다는 말은 정말이야."

"무슨 소리예요? 누가 그런 케케묵은……."

"그래? 하지만 당신은 모를 거야. 지금 이대로 가다간 난 도망칠지도 몰라."

"도대체 어느 쪽이 더 가난하다는 거야? 그리고 누가 도망친다는 거지? 이상도 하네."

"내가 벌어서 그 돈으로 술, 아니 담배를 사고 싶어. 그림도 내가 호리키보다 훨씬 더 잘 그릴 것 같은걸!"

그때 내 뇌리에 자연스럽게 떠오른 것은 중학교 시절 내가 그린 그림을 보고 다케이치가 '괴물 그림'이라고 칭했던 몇 장의 자화상이었습니다. 잃어버린 걸작. 잦은 이사로 없어졌지만 분명히 뛰어난 그림이었다는 생각이 듭니다. 그 후 이런저런 그림을 그려보았지만 그 추억의 명작에는 실력이 미치지 못했으므로 나는 언제나 가슴이 텅 빈 듯한 나른한 상실감에 시달리며 괴로워했습니다.

미처 다 마시지 못한 한 잔의 압생트*.

나는 영원히 보상받지 못할 상실감을 그렇게 혼자서 표현하고 있었습니다. 그림 이야기가 나오자 내 눈앞에 미처 다 마시지 못한 한 잔의 압생트가 어른거려서, '아, 그 그림을 사람들에게 보여주고 싶다. 내 재능을 인정받고 싶다'라는 초조감에 몸부림치는 것이었습니다.

"호호, 글쎄, 뭐랄까? 당신은 진지한 얼굴로 농담하는 것이 귀여워."

'농담이 아니라 진심이다. 정말이라니까. 아아, 그 그림을 보여주고 싶다' 라고 헛되이 번민하다가 갑자기 마음을 바꾸어 체념하듯 말했습니다.

---

* 향 쑥이나 아니스 따위를 주된 향료로 써서 만든 도수가 높은 초록색 양주.

"만화 말인데, 적어도 만화만큼은 내가 호리키보다 더 잘 그릴 수 있는데."

그렇게 대충 얼버무리는 익살스러운 말이 오히려 진지하게 먹혔습니다.

"글쎄요, 실은 나도 감탄했어요. 시게코에게 그려준 만화를 보고 웃음이 터지더라니까요. 한번 해볼래요? 우리 편집장에게 부탁해볼게요."

시즈코가 다니는 회사에서는 어린이 대상의 월간 잡지를 발행하고 있었는데, 대중에게 거의 알려지지 않은 잡지였습니다.

"……당신을 보면 대부분의 여자들은 뭔가 해주고 싶어 견딜 수 없어 해. ……언제나 안절부절못하면서도 유머를 잃지 않거든. ……어떤 때는 혼자서 몹시 침울해 있는데, 그런 모습이 여자의 마음을 자극하지."

그 밖에도 시즈코한테서 이런저런 칭찬을 들었지만, 그런 것이 바로 '여자에게 빌붙어 사는 정부의 더러운 특성'이라는 생각이 들면서 갈수록 마음이 착잡해질 뿐 전혀 기운이 나지 않았습니다. 여자보다는 돈이다. 어떻게 해서든 시즈코에게서 벗어나 독립해야겠다고 결심하고 이런저런 궁리를 해봤지만 오히려 점점 더 시즈코에게 의지하지 않으면 안 될 처지가 되었습니다. 가출 후의 뒷수습에서부터 온갖 일들을 거의 모두, 이고슈 출신의 여장부에게 의탁해야만 했기에 나는 한층 더 시즈코 앞에서 '기죽어 지낼 수밖에' 없었습니다.

시즈코의 주선으로 넙치, 호리키, 그리고 시즈코의 3자 회담이 성립되면서 나는 고향으로부터 완전히 절연당하는 대신 시즈코와 '떳떳한' 동거생활을 시작하게 되었습니다. 그즈음 시즈코가 나를 위해 열심히 뛰어준 덕분에 내 만화도 예상 외로 돈이 되어 드디어 내가 번 돈으로 술이며 담배도 샀습니다. 하지만 암울하고 불안해서 견딜 수 없었습니다. 그야말로 바닥까지 우울해져서 시즈코의 회사 잡지에 매월 연재하는 만화 〈긴타 상과 오타의 모험〉을 그리다가 갑자기 고향 집이 떠올라 사무치게 외로운 나머지 펜조차 움직일 힘이 없어 고개를 숙인 채 눈물을 흘린 적도 있었습니다.

그럴 때 작으나마 나를 구원해준 사람은 시게코였습니다. 시게코는 그즈음 아무렇지도 않게 나를 '아빠'라고 불렀습니다.

"아빠, 기도를 하면 하느님이 뭐든 다 들어주신다는데 진짜 그럴까?"

나야말로 그런 기도를 하고 싶었습니다.

아아, 나에게 냉철한 의지를 주옵소서. 나에게 '인간'의 본질을 깨닫게 해주옵소서. 인간이 인간을 밀쳐낸다고 해도 죄가 되지 않는 건가요. 내게 분노의 가면을 주소서.

"그럼, 시게코에게는 어떤 기도라도 들어주시겠지만 아빠 기도는 안 들어주실 거야."

나는 신조차 두려웠습니다. 신의 사랑은 믿지 못하고 신의 벌만을 믿었습니다. 신앙. 그것은 단지 신에게 채찍질당하기 위해 고개를 떨구고 심판대로 향하는 일로만 느껴졌습니다. 지옥이 있다는 것은 믿어져도 천국의 존재는 믿을 수가 없었습니다.

"아빠 기도는 어째서 안 들어주실까?"

"부모님 말씀을 안 들었으니까."

"그래? 모두들 아빠를 좋은 사람이라고 말하던걸."

그건 내가 속이고 있기 때문이야. 이 아파트 사람들 모두가 내게 호의를 품고 있다는 것은 나도 잘 알아. 하지만 내가 그들을 얼마나 두려워하고 있는데. 어쩐 일인지 내가 두려워하면 할수록 그들은 나를 더욱 좋아하고, 그들이 나를 좋아하면 좋아할수록 그들이 더욱 두려워져 모두로부터 멀어지고 싶은 내 불행한 병적 성격.

하지만 시게코에게 그걸 설명해준다는 건 참으로 어려운 일이었습니다.

"시게코는 하느님께 무얼 부탁하고 싶어?"

나는 슬그머니 말머리를 돌렸습니다.

"나는 말이야, 진짜 아빠를 갖고 싶어."

가슴이 뜨끔하고 아찔해지면서 현기증이 났습니다. 적敵. 내가 시게코의 적인지 시게코가 내 적인지 알 수는 없었지만, 어쨌든 여기에도 나를 위협하는 무서운 어른이 있구나. 타인. 불가사의한 타인. 비밀투성이의 타인. 시게코의 얼굴이 갑자기 그렇게 보였습니다.

'시게코만은'이라고 생각했는데 역시 이 아이도 '불시에 쇠등에를 쳐 죽이는 소의 꼬리'를 지니고 있었던 것입니다. 나는 그 이후 시게코에게까지 안절부절못하게 되었습니다.

"색마色魔! 집에 있나?"

호리키가 다시 나를 찾아오기 시작했습니다. 가출한 날, 그렇게 나를 서운하게 만든 인간이었지만 그래도 나는 그를 내치지 못하고 희미한 미소를 지으며 맞았습니다.

"네 만화가 제법 인기가 있는 모양이던걸? 하기야 아마추어에게는 두려울 게 없는 똥배짱이란 게 있으니 당할 도리가 없지. 하지만 방심해선 안 돼. 데생이 영 아니거든."

자신이 대단한 스승이라도 된다는 듯이 굴었습니다. 내가 그린 '괴물 그림'을 이 녀석이 본다면 어떤 얼굴을 할까, 라고 예의 부질없는 몸부림을 치면서 나는 대답했습니다.

"약점을 콕 찌르니, 꽥 하고 비명을 지르고 싶네."

호리키는 점점 의기양양해져서 말했습니다.

"네가 처세술 하나는 좋다만, 그것만 믿다가는 언젠가는 꼬리가 잡히고 말걸."

처세술이 좋다……. 정말이지 쓴웃음이 나왔습니다. 나에게 처세술이 좋다니! 하지만 나처럼 인간이 두려워 피하고 속이며 사는 사람 역시 '긁어 부스럼 만들지 말라'는 영리하고 교활한 처세술을 신봉하는 저들과 무엇이 다를까요? 아, 인간은 서로 아무것도 모릅니다. 제대로 알지도 못하면서 둘도 없는 친구인 양 생각하고, 평생 그걸 눈치 채지 못하고 살아가다가 상대가 죽으면 울면서 조사 따위를 읽는 것 아닐까요?

호리키는 어쨌든(그것은 시즈코가 부탁하는 바람에 마지못해 승낙했음이 틀림없겠지만) 가출한 나의 뒤처리를 함께해준 사람이었는지라 마치 자신이 내 새 출발의 크나큰 은인이자 시즈코와 나를 맺어준 중매쟁이라도 되는 것처럼 굴었습니다. 그는 잘난 척 거들먹거리며 내게 훈계 비슷한 잔소리를 늘어놓기도 하고, 심야에 취해서 찾아와 묵고 가기도 하고, 5엔(늘 5엔이었습니다)을 빌려달라고도 하는 것이었습니다.

"이제 너도 이 선에서 계집질은 끝내야지. 더 이상은 세상이 용납하지 않을 테니까."

그가 말한 '세상'이란 도대체 무엇일까요? 인간의 복수형일까요? 그 세상이란 것의 실체는 어디에 있는 걸까요? 아무튼 그것을 강하고 살벌하고 무서운 것이라고 생각하며 지금까지 살아왔습니다만, 호리키의 그 말을 듣고는 문득,

'이 세상이라는 건 사실 네가 아닐까?'

라는 말이 혀끝까지 나왔지만 그를 화나게 하는 것이 싫어

서 내뱉지는 않았습니다.

'그건 세상이 용납하지 않아.'

'세상이 아니야. 네가 용납하지 않는 거겠지.'

'그런 짓을 하면 세상 사람들로부터 된통 당할걸.'

'세상 사람들이 아니라 너겠지.'

'이제 곧 세상에서 매장당할 거야.'

'나를 매장하는 건 세상이 아니라 너겠지.'

'너는 너 자신의 끔찍함, 기괴함, 악랄함, 능청맞음, 요괴성을 깨달으란 말이야!'

갖가지 말들이 가슴속에서 교차했습니다만 나는 그저 손수건으로 얼굴에 흐르는 땀을 닦으면서,

"아휴! 진땀나네, 진땀."

하고 웃었을 뿐입니다.

그렇지만 그때 이후로 나는 '세상이란 개인이 아닐까' 하는 철학 같은 것을 갖게 되었습니다.

그리고 세상이나 세상 사람이란 한 개인일 뿐이라고 생각하게 된 이후로 지금까지보다 조금은 나 자신의 의지대로 움직이게 되었습니다. 시즈코의 말을 빌리자면, 나는 조금 더 제멋대로가 되고 덜 두려워하게 되었다고 합니다. 또 호리키의 말을 빌리자면 조금 더 쩨쩨해졌다고 합니다. 또 시게코의 말을 빌리자면 자신을 그다지 귀여워하지 않게 되었다고 합니다.

웃지도 않고 말없이, 날이면 날마다 시게코를 돌보면서 〈긴타와 오타의 모험〉이며 〈천하태평 아빠〉의 명백한 아류작인 〈천하태평 스님〉이라든지 〈성질 급한 뼹이〉 등의 내가 지었지만 나 자신도 무슨 말인지 도통 알 수 없는 엉터리 제목의 연재만화 따위를 각 잡지사로부터 의뢰(가끔 시즈코네 회사가 아닌 곳에서도 의뢰가 왔는데, 하나같이 시즈코네 회사보다 더 못한 회사로, 이른바 삼류 출판사로부터의 의뢰가 대부분이었습니다)를 받아 진짜 우울한 기분으로 느릿느릿(나의 그림 그리는 속도는 상당히 느린 편이었습니다), 오로지 술 마실 돈을 마련하겠다는 일념으로 그림을 그렸습니다. 그리고 시즈코가 회사에서 돌아오면 교대하듯이 훌쩍 나가서 고엔지 역 부근의 노점이나 스탠드바에서 독한 싸구려 술을 마시고는 조금이나마 기분이 좋아져서 아파트로 돌아와 시즈코에게 시비를 거는 것이었습니다.

"당신은 보면 볼수록 기묘한 얼굴이야. 태평 스님의 얼굴도 사실 당신이 잠든 얼굴에서 힌트를 얻었어."

"당신 잠잘 때 얼굴도 폭삭 늙어 보인다고요. 사십은 다 된 남자 같아요."

"그건 당신 탓이야. 정기가 다 빨려서 그래. 흐르는 강물과 사람의 팔자아는, 무얼 그리 근심인가, 강가의 버드나무……."

"소란 피우지 말고 빨리 자기나 해요. 밥은 먹었어요?"

시즈코는 침착하게 대답할 뿐 전혀 상대도 하지 않았습니다.

"술이라면 마시지. 흐르는 물과 사람의 팔자야는, 흐르는 사람과, 아니, 흐르는 강물과 사람의 팔자야는."

노래를 부르며 시즈코에게 옷을 벗기도록 내버려두었다가 시즈코의 가슴에 얼굴을 파묻고 잠이 드는 것이 일상이었습니다.

그래, 그다음 날도 같은 짓을 되풀이하고

어제와 다를 바 없는 관례를 따르면 된다네

거칠고 큰 환락을 피하며 살다 보면

자연히 큰 슬픔 또한 멀어지는 법

앞길을 가로막는 돌덩이를

두꺼비는 비잉 돌아서 지나간다네

우에다 빈*이 번역한 샤를 크로라는 사람의 시구를 발견했을 때 나는 혼자였음에도 얼굴이 불타듯 시뻘게졌습니다.

두꺼비.

'그게 바로 나다. 세상이 용서하건 안 하건 상관없다. 매장하건 안 하건 상관없다. 나는 개나 고양이보다도 열등한 동물이

---

* 일본의 문학 평론가이자 시인이며 소설가. 주로 유럽 문학을 일본에 소개했다.

니까. 두꺼비. 느릿느릿 꿈지럭거릴 뿐이다.'

나의 음주량은 점점 늘어났습니다. 고엔지 역 부근만이 아니라 신주쿠, 긴자까지 가서 마시고 외박하는 일도 있었습니다. 어제와 다름없는 '관례'에 따르지 않겠다는 한 가지 생각으로 바에서 무뢰한의 흉내를 내며 닥치는 대로 키스를 했습니다. 다시 그 정사 사건 이전의, 아니, 그때보다 더 무절제하고 야만적인 술꾼이 되었고, 늘 돈에 쪼들리던 끝에 시즈코의 옷까지 들고 나가 내다 팔 정도가 되었습니다.

이곳에 와서 그 찢어진 연을 보고 쓴웃음을 지은 지 1년 이상 지나 벚꽃도 거의 다 지고 새잎이 돋을 무렵, 나는 또다시 시즈코의 기모노 허리띠며 속옷 따위를 몰래 가지고 나가 전당포로 가서 돈을 마련한 뒤 긴자에서 술을 마시며 이틀 연속 외박을 했습니다. 사흘째 되던 날 밤에는 입장이 난처해져 무의식적으로 발소리를 죽여가며 아파트의 시즈코 방 앞까지 오자 시즈코와 시게코의 대화가 들렸습니다.

"왜 술을 마시지?"

"아빠는 말이야, 술을 좋아해서 마시는 게 아니란다. 너무 사람이 좋아서 그래……."

"좋은 사람은 술을 마시는 거야?"

"꼭 그런 건 아니고……."

"아빠가 틀림없이 깜짝 놀라겠지?"

"싫어할지도 몰라. 저것 봐, 저것 봐. 상자에서 튀어나왔네."

"성질 급한 뺑이 같아."

"그러게."

행복에 겨운 시즈코의 나직한 웃음소리가 들려왔습니다.

문을 조금 열고 안을 들여다보았더니 하얀 새끼 토끼가 보였습니다. 온 방 안을 깡충깡충 뛰어다니는 새끼 토끼를 모녀가 쫓고 있었습니다.

'이 모녀는 행복한 거야. 나라는 얼간이가 끼어들면 머잖아 이 둘은 엉망진창이 되고 말 거야. 조촐한 행복. 사이좋은 모녀. 아아, 만약에 하느님이 나 같은 인간의 기도를 들어주신다면 딱 한 번, 단 한 번만이라도 좋으니 그들의 행복을 위해 기도하리라.'

나는 거기에 쭈그리고 앉아 합장하고 싶었습니다. 나는 살그머니 문을 닫고 다시 긴자로 나와 다시는 시즈코네 아파트로 돌아가지 않았습니다.

나는 교바시 근처에 있는 스탠드바 2층에서 또다시 여자에게 빌붙어 사는 놈팡이 생활을 하게 되었습니다.

세상. 나도 어렴풋하게나마 그것을 알 것 같은 느낌이 들었습니다.

세상이란 개인과 개인 간의 투쟁이자, 일시적인 투쟁이므로 그때만 이기면 된다. 노예조차도 노예다운 비굴한 앙갚음을 하는 법이다. 그러니까 인간은 일시적 단판 승부 이외에는 살아남을 방법이 없다. 그럴싸한 대의명분을 내세우지만 노력의 목표는 반드시 개인, 개인을 넘어서 또다시 개인. 세상의 난해함은 개인의 난해함. 크나큰 바다는 세상이 아니라 개인이라고 생각하면서 세상이라는 드넓은 바다의 환영에 겁먹는 것에서 약간은 해방되어 예전처럼 온갖 고민을 끝없이 하는 일 없이, 말하자면 우선 당장 급한 순으로 필요에 따라 어느 정도 뻔뻔하게 행동하는 법을 배웠습니다.

고엔지 아파트를 버리고 교바시의 스탠드바 마담에게로 가서,

"헤어지고 왔어."

라고 말하는 것으로 충분했습니다. 단판 승부는 즉시 결정났고, 그날 저녁부터 나는 맨몸으로 그곳의 2층에 머물게 되었습니다. 그러나 끔찍할 줄 알았던 '세상'은 내게 아무런 해도 가하지 않았고, 나 또한 '세상'에 대해서 아무런 변명도 하지 않았습니다. 마담만 좋다면 그것으로 만사가 평화로웠습니다.

나는 그 가게의 손님같이 보이기도 하고, 마담의 남편같이 보이기도 하고, 심부름꾼같이 보이기도 하고, 친척같이 보이기도 하여 주변에서 보면 참으로 정체불명의 존재였을 텐데도 '세상'은 별로 개의치 않았습니다. 그 가게의 단골들은 나를 요조, 요조, 라고 부르며 참으로 친절하게 대해주었고 가끔은 술

까지 마시게 해주었습니다.

　나는 점차 세상살이에 조심성이 없어졌습니다. '세상이란 곳은 그다지 무서운 곳이 아니다'라고 생각하게 된 것입니다. 즉 지금까지 내가 품었던 공포감은, 이를테면 봄바람 속에는 백일해 균이 수십만 마리, 목욕탕에는 눈을 멀게 하는 안질 균이 수십만 마리, 이발소에는 탈모를 일으키는 세균이 수십만 마리, 전차의 손잡이에는 옴벌레가 우글우글, 또 생선회나 덜 익은 쇠고기며 돼지고기에는 촌충 알이니 디스토마 따위의 알이 반드시 숨어 있고, 맨발로 걸으면 발바닥에 작은 유리 파편이 찌르고 들어와 온몸 구석구석을 돌아다니다가 끝내 눈알을 콱 찔러 실명시키는 일이 있다는 이른바 '과학적 미신'에 협박당하는 것과 다름없는 일이었습니다. 그야 물론 몇 십만 개의 세균이 우글거리며 떠다닌다는 것은 '과학적'으로 정확한 사실이겠지요. 그러나 반대로 그 존재를 묵살해버리면 그것은 나와 아무런 관련이 없어지거나 순식간에 사라져버리는 '과학적 유령'에 지나지 않는다는 걸 알게 되었습니다. 도시락 통에 남아 있는 세 톨의 밥알. 천만 명이 하루에 세 톨씩만 밥알을 남겨도 그것은 쌀 몇 가마를 그저 버리는 것이나 마찬가지라거나, 천만 명이 하루에 휴지 한 장만 절약해도 얼마나 많은 양의 펄프를 아낄 수 있는지 따위의 '과학적 통계'에 겁을 먹고, 밥알 한 톨을 남길 때마다, 또 코를 한 번씩 풀 때마다 산더미처럼 쌓인

쌀, 산더미 같은 양의 펄프를 헛되이 낭비했다는 죄책감에 **빠**져 괴로워하고, 뭔가 중대한 범죄를 저지른 것 같아 침울해졌습니다. 그러나 그것이야말로 '과학의 거짓말' '통계의 거짓말' '숫자의 거짓말'일 뿐, 세 톨의 밥알을 결코 한데 모을 수도 없고, 그것은 곱셈 또는 나눗셈의 응용문제라고 쳐도 참으로 원시적이고 저능한 테마일 뿐이었습니다. 전등이 꺼진 어두운 변소에서 몇 사람당 한 번 꼴로 발을 헛디뎌 변기 구멍 속으로 **빠**지는가, 혹은 전차 출입문과 플랫폼 사이의 틈새에 승객 몇 명의 다리가 빠졌는가, 라는 식의 확률 계산처럼 어리석은 짓이지요. 우리는 그런 일이 실제로 있을 법하다고 생각하지만 변소통 양쪽에 발을 제대로 착지하지 못해 사고가 났다는 사례는 한번도 들은 적이 없었습니다. 그런 가설을 '과학적 사실'이랍시고 열심히 배우고, 또 그것을 현실로 받아들여 두려워하던 어제까지의 내가 애처로워서 웃음을 터뜨릴 만큼 나도 세상이라는 것의 실체에 조금씩 눈을 뜨게 되었습니다.

말은 그렇게 했지만 여전히 인간은 내게 두려운 존재였고, 가게의 손님과 만나는 것도 술을 한잔 쭉 들이켠 뒤가 아니면 어려웠습니다. 무서운 것은 더욱 보고 싶어 하는 게 사람의 심리라지요? 그런 심리에서 나는 매일 밤 어쨌든 가게에 나갔는데, 이는 아이가 내심 두려워하면서도 작은 동물을 일부러 손으로 꽉 쥐는 것처럼, 술에 취해 손님들에게 유치한 예술론을 펼쳤습니다.

만화가. 아아, 그러나 나는 큰 기쁨도, 또 큰 슬픔도 못 느끼
는 무명의 만화가. 아무리 큰 슬픔이 닥친다 해도 좋으니 거칠
고 무한한 기쁨을 맛보고 싶다는 생각에 내심 안달했지만 현실
의 기쁨이란 기껏해야 손님들과 시답잖은 이야기나 나누며 얻
어 마시는 술 한잔일 뿐이었습니다.

교바시로 와서 이런 한심한 생활을 1년 가까이 하는 동안 내
만화는 어린이 대상의 잡지는 물론 역전에서 판매되는 조악하
고 외설적인 잡지에도 실리게 되었습니다. 나는 정사를 했다가
살아남았다는 뜻의 죠시 이키타라는 다소 황당한 필명으로 추
잡한 나체화를 그린 다음 거기에 〈루바이야트〉*의 시구를 붙였
습니다.

쓸데없는 기도 따윈 집어치워라

눈물 흘리게 하는 것도 내던져라

자아, 한잔하자. 좋은 일만 추억하고

부질없는 걱정 따윈 잊어버려라

_____

* 페르시아의 시인 오마르 하이얌(1048~1131)의 4행시 시집. 하이얌은 수학,
천문학, 역사학 등 다양한 분야에서 큰 업적을 남긴 학자다. 술과 미녀와 장미
를 칭송한 감미롭고 우수에 찬 시들로 이루어진 이 시집은 작가 사후에 발견
되었다.

불안이나 공포로 사람을 겁 주는 자들은
자신이 저지른 엄청난 죄가 두려워
죽은 자의 복수에 대비하려고
머릿속에서 쉼 없이 계략을 꾸미지

간밤에 술 넘치니 내 마음도 기쁨이 가득
아침에 깨어나니 그저 황량하기만 하네
기이하다, 하룻밤 사이에
달라진 이 기분

뒤탈 따위 두려워 마라
멀리서 울리는 북소리처럼
왠지 그 녀석은 불안하다
방귀 뀐 것까지 일일이 죄로 간주하면 어떻게 사나

정의가 인생의 지침이라고?
그렇다면 피로 물든 전쟁터에는
암살자의 칼끝에는
어떤 정의가 있단 말인가?

어디에 가르침의 법칙이 있는가

어떤 예지의 광명이 있는가

아름답고 무서운 것이 속세이니

연약한 인간의 아들은 힘에 겨운 짐을 짊어지고

어찌하지 못하는 정욕의 씨앗을 품고 있기에

선이다, 악이다, 죄다, 벌이다, 하며 저주만 받을 뿐

어찌지도 못하고 갈팡질팡할 뿐

눌러 꺾을 힘도 의지도 물려받지 못한 탓에

어디를 얼마나 헤매고 다녔는가?

뭐야? 비판, 검토, 재인식?

쳇, 헛된 꿈을, 있지도 않은 환상을

에헷, 술을 깜빡했으니 죄다 헛된 생각이지

어때, 저 끝없이 넓은 하늘을 보라

그 가운데 달랑 떠 있는 점이로구나

이 지구가 뭣 때문에 자전하는지 알 게 뭐야

자전 공전 반전도 제 마음이지

가는 곳마다 지고한 힘을 느끼고

모든 나라 모든 민족에게서

동일한 인간성을 발견하는

나는 이단자라네

다들 성경을 잘못 읽은 거야

그게 아니라면 상식도 지혜도 없는 거지

삶의 기쁨을 금하고 술을 끊으라 한다면

됐어 무스타파, 난 그런 건 지독히 싫어해

그렇지만 그 시절, 나에게 술을 끊으라고 권하는 여자가 있었습니다.

"안 돼요. 허구한 날 대낮부터 술에 취해 계시면."

바 건너편에 있는 작은 담배 가게의 열일여덟 살 정도 되는 여자였습니다. 사람들은 그녀를 요시코라고 불렀고, 하얀 얼굴에 덧니가 난 여자였습니다. 내가 담배를 사러 갈 때마다 웃음 띤 얼굴로 술을 끊으라고 충고했습니다.

"어째서 안 되지? 왜 나쁘다는 거야? '사람의 아들아, 실컷 퍼마시고 증오를 잊어라, 잊어라, 잊어'라는 페르시아의 옛 격언도 있어. 에이, 관두자. '슬프고 지친 가슴에 희망을 주는 것은 오로지 취기를 몰고 오는 옥잔뿐이로다'라는 말 들어보았나?"

"아뇨."

"이 녀석, 키스해줄까 보다."

"하든지요."

겁을 내기는커녕 거리낌 없이 아랫입술을 쭉 내밀었습니다.

"바보 같으니라고, 정조 관념하고는……."

그러나 요시코의 표정에는 분명히 누구에게도 더럽혀지지 않은 숫처녀의 냄새가 났습니다.

새해에 접어든 어느 엄동설한의 저녁나절, 나는 술에 취해 담배를 사러 가다가 담배 가게 앞의 맨홀에 빠졌습니다. "요시코, 살려줘!"라고 소리를 질렀습니다. 요시코는 나를 끌어올려서 오른팔의 상처를 치료해주었습니다. 그때 요시코는 웃음기 가신 조용한 목소리로 말했습니다.

"너무 많이 마시는군요."

나는 죽는 것은 조금도 두렵지 않았지만 부상을 당해 피가 나거나 불구자가 되는 것은 정말로 싫었으므로 요시코에게 팔의 상처를 치료받으며 술도 끊어야겠다고 생각했습니다.

"끊을 거야. 내일부터 한 방울도 마시지 않겠어."

"정말?"

"반드시 끊을 거야. 그러면 요시코, 내 색시가 돼줄래?"

하지만 색시가 되어달라는 말은 농담이었습니다.

"물이죠!"

'물'이란 '물론'의 줄임말입니다. 그 무렵에는 '모보'(모던 보이)라든가 '모걸'(모던 걸) 등 갖가지 줄임말이 유행했습니다.

"좋아. 손가락 걸고 약속하자. 반드시 끊을게."

그리고 다음 날, 나는 또 대낮부터 술을 마셨습니다.

저녁나절, 비틀비틀 밖으로 나가 요시코네 가게 앞에 서서 외쳤습니다.

"요시코, 미안. 또 마셔버렸네."

"어머, 저런. 괜히 취한 척하다니요."

뜨끔했습니다. 취기가 싹 가시는 것 같았습니다.

"아니, 정말이야. 정말로 마셨어. 취한 척하는 게 아니라고."

"놀리지 마세요. 정말 짓궂은 분이시군요."

전혀 의심하려 들지 않았습니다.

"보면 알 거 아냐. 오늘도 대낮부터 마셨다니까. 용서해줘."

"연기를 잘도 하시네요."

"연기가 아니라니까. 이 바보, 키스해줄까 보다."

"하세요."

"아냐, 난 키스할 자격이 없어. 결혼하겠다는 것도 포기해야 겠어. 얼굴을 봐. 빨갛지? 마신 거야."

"그거야 저녁노을 때문이잖아요. 속이려 해도 소용없어요. 어제 약속했는데 설마요. 마실 리가 없어요. 새끼손가락까지 걸어놓고선. 그런데 마셨다니 말도 안 돼. 거짓말, 거짓말, 거짓말."

어두침침한 가게 안에 앉아 미소 짓는 요시코의 하얀 얼굴.

아아, 더러움이라고는 모르는 순진무구함은 진정 고귀하구나. 나는 여태껏 나보다 어린 처녀랑 자본 적이 없다. 결혼하자. 그래서 아무리 큰 슬픔이 닥친다 해도 좋다. 이런 난폭한 환희가 일생에 단 한 번밖에 없다고 해도 좋다. 처녀의 아름다움이라는 건 바보 같은 시인들의 달콤하고 감상적인 환상에 불과하다고 생각했는데, 이 세상에 정말로 존재하는 것이로구나. '결혼해서 봄이 되면 둘이서 자전거를 타고 아오바 폭포를 보러 가야지' 하고 그 자리에서 결심하고, 소위 '단판 승부'로 처녀성이라는 요시코의 꽃을 훔치는 걸 주저하지 않았습니다.

그렇게 우리는 결혼을 했고, 그 일로 얻은 환희는 그리 크지 않았습니다. 반면 그에 따르는 슬픔은 처참하다는 말로는 부족할 만큼 상상을 초월할 정도였습니다. 나에게 '세상'은 역시 깊이를 알 수 없을 정도로 끔찍한 곳이었습니다. 결코 단판 승부 따위로 결정되는 만만한 곳이 아니었습니다.

2

호리키와 나.

서로 경멸하면서도 만나고, 만남이 깊어질수록 점점 우정이 망가져가는 것이 흔히들 말하는 '친구'의 본모습이라면 나와 호리키 사이도 분명 그런 '친구'임에 틀림없었습니다.

나는 교바시의 스탠드바 마담의 의협심에 매달려(여자의 의협심이라니 조금 기묘한 표현입니다만, 내가 경험한 바로는 적어도 도회지 남녀의 경우 남자보다는 여자가 그 의협심이라는 것을 조금 더 많이 가지고 있었습니다. 남자들은 대체로 겁쟁이에다 체면만 차릴 뿐 쩨쩨했습니다) 담배 가게의 요시코를 아내로 맞아들일 수 있었습니다. 그리고 쓰키지에 있는 스미다 강 근처의 2층 목조 건물 아래층에 방 하나를 빌려 둘이 살면서, 술을 끊고 이제는 나의 본업으로 자리 잡은 만화 그리는 일에 열중했고, 저녁 식사 후에는 둘이서 영화를 보고 돌아오는 길에 찻집에 들러 차를 마시거나 꽃집에서 화분을 사 왔습니다. 아니, 그러한 것들이 주는 기쁨보다 나를 진심으로 믿어주는 이 어린 신부의 이야기를 듣거나 몸짓을 보는 것이 즐거웠습니다. 이러다 어쩌면 나도 인간다운 인간이 되어 비참한 죽음 정도는 면하게 되지나 않을까 하는 달콤한 생각이 어렴풋하게 떠올라 가슴을 훈훈하게 데워주려 하던 차에 호리키가 다시 내 앞에 나타났습니다.

"어이! 색마. 어라? 낯짝이 제법 근엄해졌는걸? 오늘은 고엔지 여사의 심부름을 왔는데 말이야."

말하다 말고 갑자기 목소리를 낮추어 부엌에서 차 준비를 하고 있는 요시코 쪽을 턱으로 가리키면서, "괜찮아?" 하고 묻

기에,

"괜찮아. 무슨 이야기를 하든 상관없어."

라고 침착하게 대답해주었습니다.

사실 요시코는 신뢰의 천재라고 부르고 싶을 정도여서 교바시 마담과의 관계는 물론이고 내가 가마쿠라에서 저지른 정사 사건까지 알고도 쓰네코와의 사이를 의심하지 않았습니다. 그 것은 내가 거짓말을 잘했기 때문이 아니라, 언젠가 그 모든 것을 노골적으로 다 말해주었는데도 요시코는 농담으로만 받아들이는 것이었습니다.

"우쭐대는 건 여전하군. 아니, 대단한 일은 아니고 시간 나면 고엔지 쪽에 놀러 오라는 전갈이야."

잊을 만하면 괴조가 날갯짓을 하며 날아와서 기억의 상처를 부리로 쪼아댑니다. 순식간에 과거의 수치와 죄악의 기억이 눈앞에 생생하게 펼쳐져서 '으악' 하고 비명을 지르고 싶을 정도로 공포에 휩싸여 앉아 있을 수가 없을 지경이 되고 맙니다.

"한잔 할래?"

내가 권하면,

"그러지 뭐."

라고 대답하는 호리키.

나와 호리키. 겉모습은 둘이 닮았습니다. 완전히 꼭 닮은 듯한 느낌이 들 때도 있습니다. 물론 이곳저곳을 전전하며 값싼 술을 퍼마시며 돌아다닐 때만의 일입니다만. 어쨌든 둘이 얼굴을 마주하기만 하면 점점 같은 종류의 털을 가진 개가 되어 눈 내리는 거리를 마구 휩쓸고 다니는 것이었습니다.

그날 이후 우리는 다시 옛정을 되찾아 교바시의 그 작은 바에도 함께 갔고, 심지어 이 만취한 개 두 마리는 고엔지의 시즈코네 아파트에도 찾아가 묵고 오는 일까지 발생했습니다.

그 일은 잊을 수가 없습니다. 찌는 듯이 더운 여름밤이었습니다. 해질 무렵, 호리키가 후줄근한 유카타를 입고 쓰키지의 우리 아파트로 찾아와서 돈이 좀 필요해서 여름옷을 전당포에 맡겼는데, 노모가 알면 곤란하다. 바로 갚을 테니 돈을 좀 빌려달라고 했습니다. 공교롭게도 나는 가진 돈이 없어서 늘 하던 대로 요시코에게 말해, 그녀의 옷을 전당포에 잡혀서 돈을 만들어 빌려주었습니다. 그리고 돈이 좀 남았기에 그 돈으로 요시코에게 소주를 사오라고 해서 아파트의 옥상으로 올라가서 스미다강에서 이따금 불어오는 시궁창 냄새 나는 바람을 맞으며 '피서'라는 명분으로 구질구질한 술자리를 벌였습니다.

호리키와 나는 그때 희극 명사, 비극 명사 알아맞히기 게임을 했습니다. 그것은 내가 발명한 놀이로, 명사에는 모두 남성 명사, 여성 명사, 중성 명사의 구분이 있는데, 그렇다면 희극 명사, 비극 명사에도 구분도 있어야 한다. 이를테면 증기선과 기차는 둘 다 비극 명사이고 전차와 버스는 둘 다 희극 명사다.

어째서 그런지 그 이유를 모르는 자는 예술을 논할 자격이 없다. 희극에 단 하나라도 비극 명사를 끼워 넣은 극작가는 이미 그 자체만으로도 낙제다. 비극의 경우 역시 마찬가지다, 라는 논리에서 나온 것입니다.

"준비 됐나? 자, 담배는?"

내가 묻습니다.

"비극."

호리키가 즉각 대답합니다.

"약은?"

"가루약이야, 알약이야?"

"주사약."

"비극."

"그럴까? 호르몬 주사도 있는데."

"아니야. 그건 당연히 비극이야. 주사는 바늘부터가 비극이잖아."

"좋았어. 져주지. 하지만 약이나 의사는 의외로 희극이야. 그럼 죽음은?"

"희극. 목사도 스님도 마찬가지야."

"백점. 그리고 삶은 비극이지."

"아니야. 그것도 희극."

"아니야. 그러면 뭐든 다 희극이 되어버리잖아. 그럼 하나 더

물어볼게. 만화가는? 설마 비극이라고 하는 건 아니겠지?"

"비극, 비극. 대비극 명사야!"

"뭐야, 대비극 명사는 너잖아."

실없는 말장난이 되어버리면 말이 생기를 잃게 되지만 그래도 우리는 그 놀이를 전 세계의 어느 살롱에도 존재한 적이 없었던 기발한 놀이라 여기며 자못 의기양양해했습니다.

또 한 가지, 나는 당시 이것과 비슷한 놀이를 개발했습니다. 그것은 반의어 알아맞히기 게임이었습니다. 검정색의 반대말은 하얀색, 그러나 하얀색의 반대말은 빨강, 빨강의 반대말은 검정.

"꽃의 반대말은?"

내가 묻자 호리키는 입술을 일그러뜨리며 잠시 생각하더니 대답했습니다.

"저기, 화월化月이라는 요릿집이 유명하니까, 달!"

"아냐. 그건 반대말이 아니잖아. 오히려 동의어야. 별과 제비꽃도 동의어야. 반의어가 아니고."

"알았어. 그렇다면 꽃의 반대말은 꿀벌."

"꿀벌?"

"모란꽃에는 꿀벌…… . 아차, 개미던가?"

"뭐야. 그건 그림의 제목이잖아. 대충 얼버무리지 마."

"아, 알았어! 꽃에는 구름…… ."

"달에는 구름이겠지."

"맞다, 맞아. 그렇다면 꽃에는 바람, 바람이야. 꽃의 반대말은 바람."

"이 친구 형편없네. 그건 유행가 가사잖아. 출신이 드러나는군."

"난 비파 출신이야."

"그건 더 안 좋아. 꽃의 반대말은 말이야……. 모름지기 이 세상에서 가장 꽃답지 않은 것, 그걸 말해야 하는 거야."

"그러니까. 그…… 잠깐, 뭐야, 여자?"

"맞혔어. 이왕 나왔으니 여자의 동의어는?"

"내장."

"이 친구 도대체 시라는 걸 모르는군. 그렇다면 내장의 반대말은?"

"우유."

"어라, 이번에는 제법인걸. 그런 식으로 하나만 더. 부끄러움, 부끄러움의 반대말은?"

"뻔뻔함이지. 인기 만화가 '죠시 이키타'라고 말이야."

"호리키 마사오는?"

이쯤에서 우리 둘 사이에 차츰 웃음이 사라지고, 소주 특유의 취기, 마치 유리 파편이 머릿속에 가득 찬 듯한 음산한 기분에 젖어드는 것이었습니다.

"건방 떨지 마. 나는 아직 너처럼 오랏줄의 치욕은 안 겪었으니까."

흠칫했습니다. 호리키는 마음속으로 나를 제대로 된 인간으로 취급하고 있지 않았던 겁니다. 나를 그저 죽지도 못하는 철면피, 얼뜨기 괴물, 이른바 '살아 있는 시체' 정도로 생각하고 자신의 쾌락을 위해 나를 마음껏 이용하는, '교우 관계'였다고 생각하니, 다 내려놓은 나도 기분이 좋지는 않았습니다. 하지만 한편으로는 호리키가 나를 그렇게 여기는 것이 당연하다는 생각도 들었습니다. 나는 어려서부터 인간 자격이 없는 사람이었으니까요. 호리키에게 경멸당하는 것이 당연할지도 모른다는 생각에 아무렇지도 않은 척하며 물었습니다.

"죄, 죄의 반대말은 뭐지? 이건 좀 어려울걸."

"법률이지."

호리키가 태연히 대답했기 때문에 나는 호리키의 얼굴을 보았습니다. 근처 빌딩의 깜박거리는 네온사인의 붉은 불빛을 받아 호리키의 얼굴은 냉혹한 형사처럼 위엄이 있어 보였습니다. 나는 정말이지 어이가 없었습니다.

"죄라는 건 말이야, 그런 게 아니야."

죄의 반대말이 법률이라니! 그러나 세상 사람들은 다들 그 정도로 단순하게 생각하고 시치미 뚝 떼고 살고 있을지도 모릅니다. 형사가 없는 곳에 죄가 득실거린다지.

"그렇다면 뭔데? 신이란 말이야? 너는 어딘가 목사님 같은 구석이 있다니까, 기분 나쁘게."

"자자, 그렇게 가볍게 처리하지 말자고. 둘이서 차분히 연구해보잔 말이야. 그렇지만 이건 재미있는 테마잖아. 이 테마에 대한 대답만으로 그 사람의 전부를 알 수 있을 것 같은 생각이 드는걸."

"설마. ……음, 죄의 반대말은 선이야. 선량한 시민. 즉 나 같은 사람이란 말이지."

"농담은 그만둬. 선은 악의 반대말이야. 죄의 반대말이 아니라고."

"악과 죄는 다른 건가?"

"다르지. 선악의 개념은 인간이 만들었을 뿐이야. 인간이 제멋대로 만들어낸 도덕 언어야."

"관두자. 그렇다면 역시 신이겠지. 신이야 신. 뭐든지 신으로 해두면 틀림없어. 아아, 배고프다."

"지금 아래층에서 요시코가 잠두콩을 삶고 있어."

"고마워라. 내가 좋아하는 잠두콩을."

나는 양손을 머리 뒤로 끼고 벌렁 누웠습니다.

"너는 죄라는 것에 전혀 흥미가 없는 것 같군."

"당연하지. 너처럼 죄인이 아니니까. 나는 즐기기야 하지만 여자를 죽게 하거나 여자에게서 돈을 갈취하지는 않거든."

죽게 하지 않았어. 돈을 우려내지도 않았고. 라고 마음속 한 구석에서 희미하지만 필사적인 항변의 소리가 솟구쳤지만 다른 한편에서는 내가 나쁘다고 곧바로 마음을 돌려버리는 이 버릇.

나는 상대방과 정면으로 맞서서 당당하게 따지지 못하는 성격입니다. 소주의 음울한 취기 때문에 시시각각 기분이 난폭해지는 것을 필사적으로 누르며 거의 혼잣말처럼 되뇌었습니다.

"하지만 감옥에 가는 일만이 죄는 아니야. 죄의 반대말을 알면 죄의 실체도 알아낼 수 있을 것 같은데. ……신, ……구원, ……사랑 ……광명 ……하지만 신에는 사탄이라는 반대말이 있고, 선에는 악이라는 반대말이 있어. 구원의 반대말은 고뇌일 것이고, 사랑은 증오, 빛은 어둠이라는 반대말이 있고, 선에는 악, 죄와 기도, 죄와 회개, 죄와 고백, 죄와…… 아아, 전부 동의어야. 죄의 반대말은 뭘까?"

"죄의 반대말은 꿀이지.* 꿀같이 달콤하니 말이야. 배고프다. 아무거나 먹을 것 좀 갖고 오라고."

"네가 갖고 오면 될 거 아냐!"

난생처음이라고 할 수 있을 정도의 격한 분노의 소리가 나왔습니다.

---

* 일본어로 죄는 쓰미つみ, 꿀은 '미쓰みつ'이다.

"좋아, 그렇다면 내가 밑에 내려가서 요시코 씨와 둘이서 죄를 범하고 오지. 논쟁보다 실지實地 검증이야. 죄의 반대말은 꿀콩. 아니 잠두콩이던가?"

나는 혀가 군을 정도로 취해 있었습니다.

"맘대로 해. 꺼져버리라고!"

"죄와 공복, 공복과 잠두콩, 아니 이건 유의어인가?"

호리키는 말도 안 되는 소리를 하면서 일어났습니다.

죄와 벌. 도스토옙스키. 문득 이런 것들이 뇌리를 스치자 나는 흠칫했습니다. 만일 저 도스토옙스키 씨가 죄와 벌을 유의어로 생각하지 않고 반대말로 나란히 놓았다면? 죄와 벌. 절대 서로 통할 수 없는 것. 얼음과 숯처럼 융화되지 않는 것. 죄와 벌을 반대말로 생각했던 도스토옙스키의 흐물흐물한 바닷말. 썩은 연못. 난마亂麻 같은 혼란스러운 밑바닥…… 아아, 알 것 같다. 아니, 아직……. 등등의 생각이 주마등처럼 머리에서 빙글빙글 돌고 있을 때,

"이봐, 별난 잠두콩이야. 이리 좀 와봐!"

호리키의 목소리며 얼굴빛이 완전히 바뀌어 있었습니다. 호리키는 방금 전에 비틀거리며 일어나 아래층으로 가는가 싶더니 다시 되돌아온 것입니다.

"왜 그래?"

이상할 정도로 살기등등해진 우리 둘은 옥상에서 2층으로

내려가 다시 1층의 내 방으로 내려갔습니다. 내려가는 계단 중간쯤에서 호리키가 멈춰 서더니 작은 소리로 속삭이듯 말하며 손가락으로 가리켰습니다.

"저것 봐!"

내 방의 작은 창이 열려 있고, 그곳을 통해 방 안이 보였습니다. 환한 전깃불 아래에 두 마리의 짐승이 있었습니다.

나는 어찔어찔 현기증이 나는 가운데서도, 이 또한 인간의 모습이다, 이 또한 인간의 모습이다, 놀랄 일도 아니야, 라고 거친 숨을 몰아쉬며 중얼거렸습니다. 나는 요시코를 구해주어야겠다는 사실도 잊어버린 채 계단에 못 박힌 듯 서 있었습니다.

호리키가 큰 소리로 헛기침을 했습니다. 나는 혼자서 도망치듯이 옥상으로 뛰어 올라가 털썩 드러누워 비 머금은 여름날의 저녁 하늘을 올려다보았습니다. 그때 나를 엄습한 감정은 분노도 아니고 혐오감도 아니고 슬픔도 아닌 엄청난 공포였습니다. 그것은 묘지의 유령 따위를 보고 질린 공포가 아니라 신사神社의 삼나무 숲에서 흰옷을 입은 신령과 마주쳤을 때 느낄 법한, 아무 소리도 안 나오게 만드는 태고의 거칠고 난폭한 공포였습니다.

그날부터 새치가 나기 시작했고, 마침내 나는 만사에 자신감을 잃게 되면서 점점 더 사람을 의심하게 되었고, 이 세상의 삶에 대한 일체의 기대, 기쁨, 공명에서 영원히 멀어지게 되었습니다. 실로 그것은 내 전 생애를 통틀어 가장 치명적인 사건이었습니다. 내 미간은 정통으로 맞아 딱 갈라졌고, 그때의 상처는 이후 어떤 인간을 만나도 욱신거리며 아팠습니다.

"동정은 가지만 너도 이제 이 일로 조금은 깨달은 게 있겠지? 이제 난 다시는 여길 오지 않을 거야. 이건 영락없는 지옥이군. 하지만 요시코 씨는 용서해줘. 너도 어차피 변변한 인간은 아니잖아. 이만 실례할게."

거북한 장소에 오래 머물러 있을 만큼 호리키는 얼빠진 인간은 아니었습니다.

나는 몸을 일으켜 혼자 소주를 마시고 꺼이꺼이 소리 내어 울었습니다. 한없이 울음이 터져 나왔습니다.

언제 왔는지 요시코가 삶은 콩을 수북하게 담은 접시를 들고 내 등 뒤에 멍하니 서 있었습니다.

"아무 짓도 안 한다고 해서……."

"알았어. 아무 말 하지 마. 너는 사람을 의심할 줄 모르니까. 앉아. 콩이나 먹자."

나란히 앉아서 콩을 먹었습니다. 아아, 신뢰는 죄악일까요? 상대방 남자는 나에게 만화 원고를 의뢰하고 거드름을 피우며 몇 푼 안 되는 돈을 두고 가는, 서른 전후의 왜소한 체구의 무식한 장사꾼이었습니다.

그 장사꾼은 그 뒤로 다시는 나타나지 않았습니다. 나는 잠

못 드는 밤이면 무슨 이유에서인지 그 장사꾼에 대한 증오보다는 처음 그들을 발견했을 때 헛기침도 뭣도 하지 않고 그대로 나한테 알리러 옥상으로 뛰어온 호리키가 더 증오스러웠습니다. 그를 향한 노여움이 부글부글 끓어올라 괴로웠습니다.

용서할 것도, 용서받을 것도 없었습니다. 요시코는 신뢰의 천재니까요. 남을 의심할 줄 몰랐습니다. 그러나 그로 인한 비극.

신에게 묻겠습니다. 신뢰는 죄인가요?

요시코가 더럽혀졌다는 사실보다도 그녀의 신뢰가 더럽혀졌다는 사실이 그 뒤에도 오래오래, 내가 살아 있기 어려울 정도로 큰 고뇌의 씨앗이 되었습니다. 나처럼 비루하게 쭈뼛쭈뼛 남의 눈치나 살피고 타인과의 근본적인 신뢰에 금이 가버린 사람에게 요시코의 순결무구한 신뢰는 그야말로 아오바 폭포처럼 상큼하게 다가왔기 때문입니다. 그것이 하룻밤 사이에 누런 오수汚水로 변해버린 것입니다. 보세요! 요시코는 그날 밤부터 나의 일거수일투족에 눈치를 살피게 되었습니다.

"어이," 하고 부르면 흠칫해서 눈길을 어디다 두어야 할지 몰랐습니다. 내가 웃겨보려고 아무리 재미있는 농담을 건네도 머뭇거리거나 쭈뼛거렸고, 무턱대고 나에게 존댓말을 쓰는 것이었습니다.

과연 순결무구한 신뢰감은 죄의 원천일까요?

나는 유부녀가 겁탈당한 이야기가 나오는 책을 찾아서 읽어보았습니다. 그렇지만 요시코만큼 비참하게 능욕당한 여자는 그 어디에도 없었습니다. 도무지 이것은 말도 안 되는 스토리입니다. 그 왜소한 장사꾼과 요시코 사이에 조금이라도 사랑 비슷한 감정이 있었다면 차라리 나도 마음 편하게 받아들였을 것입니다. 하지만 그저 여름날 단 하루 그녀는 그자를 믿은 것뿐이고, 게다가 그저 딱 한번뿐이었는데, 그것 때문에 내 미간은 정통으로 맞아 쪼개지고 목소리는 쉬어버렸고, 머리칼은 나이에 어울리지 않게 새치가 생기기 시작했고, 요시코는 평생 절절매며 내 눈치를 보게 되었던 것입니다.

대부분의 소설은 그런 아내의 행실을 남편이 용서할 것인지 말 것인지에 문제의 중점을 두고 있습니다. 하지만 내게 그것은 그다지 괴로운 일도 큰 문제도 아니었습니다. 용서한다, 안 한다는 권리를 지닌 남편이야말로 행복할지니! 도저히 용서할 수 없다고 생각한다면 난리칠 것 없이 즉시 이혼하고 새로이 아내를 맞아들이면 될 것 아닌가. 그걸 할 수 없다면 이른바 '용서'라는 것을 해주고 참으면 된다. 어느 쪽이건 남편 기분 하나로 모든 것이 원만히 수습될 것이라는 생각이 들었습니다.

즉 그런 사건이라면 남편에게 분명 큰 충격이긴 하겠지만 그것은 그저 '충격'일 뿐이며, 언제까지나 무한히 밀려왔다 쓸려가는 파도와는 달리, 권리를 지닌 남편의 분노로서 어떻게든 처리할 수 있는 트러블이라고 생각되었습니다. 그러나 우리의 경우는 남편에게 아무런 권리도 없고, 생각해보면 모두가 내 잘못인 것만 같았으므로 화를 내기는커녕 싫은 소리 한번 하지 못했고, 또한 아내 입장에서는 자신이 지닌 보기 드문 미덕으로 인해 능욕을 당한 것입니다. 더구나 그 미덕은 남편이 일찍이 동경하던 천진무구한 신뢰감이라는, 견딜 수 없이 가련한 것이었습니다.

천진무구한 신뢰감은 죄악인가?

유일하게 믿었던 미덕에조차 의혹을 품게 된 나는 이제 더이상 뭐가 뭔지 알 수 없게 되었으므로, 하릴없이 알코올에 손을 뻗칠 뿐이었습니다. 극도로 비열하게 얼굴이 변한 나는 아침부터 소주를 마셔댔고, 그러는 바람에 이가 흐물흐물 빠지기 시작했습니다. 게다가 만화는 거의 외설스러운 것만 그렸습니다. 아니, 분명히 말하지요. 나는 그 무렵부터 춘화를 베껴 밀매했습니다. 소주 살 돈이 필요했기 때문입니다.

완전히 겁을 먹고 내게 눈도 맞추지 못하는 요시코를 보고 있노라면 이 사람은 전혀 경계심을 모르는 여자니까 그 장사꾼 놈과 딱 한 번 그랬던 것이 아니지 않을까? 그렇다면 호리키와는? 아니, 어쩌며 내가 알지 못하는 사람과도? 라는 식으로 의혹이 의혹을 불러일으켰지만 그렇다고 마음먹고 그걸 추궁할 용기도 없었으므로, 예의 불안과 공포에 몸부림치며 소주를 마시고 취해서 비굴한 유도신문 같은 것을 쭈뼛쭈뼛 시도해보았습니다. 마음속으로는 일희일비하면서도 겉으로는 공연히 익살을 떨면서 요시코에게 저주스러운 지옥의 애무를 한 다음 곯아떨어지는 것이었습니다.

그해 연말, 만취해서 밤늦게 돌아온 나는 설탕물을 마시고 싶었습니다. 요시코가 자는 것 같아 부엌으로 가서 설탕 항아리를 찾아내 뚜껑을 열어보니 설탕은 들어 있지 않고 검은색의 길쭉한 작은 종이 상자가 들어 있었습니다. 별 생각 없이 그것을 집어든 순간, 상자에 붙어 있는 라벨을 보고 깜짝 놀랐습니다. 라벨은 손톱으로 반 이상 벗겨져 있었습니다만 남아 있는 부분의 영어 글씨는 또렷했습니다. DIAL.

다이알. 나는 그 무렵 주로 소주를 마셨으므로 수면제는 복용하지 않았습니다만, 불면증은 나의 지병과도 같은 것이었기에 거의 모든 수면제에 대해 잘 알고 있었습니다. 이 다이알 한 상자면 분명 치사량이 넘는 양이었습니다. 아직 상자를 뜯지는 않았지만 언젠가는 일을 저지를 작정으로 이런 곳에, 더구나 라벨까지 벗겨내고 숨겨둔 것이 틀림없었습니다. 가엾게도 그녀는 라벨의 서양 글자를 읽지 못했기 때문에 손톱으로 반쯤 벗기고는 그 정도면 안심할 수 있다고 생각한 것이겠지요. (당신에게는 죄가 없다.)

나는 소리 나지 않게 살그머니 컵에 물을 따른 뒤, 천천히 상자의 봉지를 열어 약을 전부 입에 털어 넣은 다음 컵의 물을 침착하게 다 마시고는 전깃불을 끄고 그대로 잠들었습니다.

나는 삼 일 밤낮을 죽은 듯 잠을 잤다고 합니다. 의사는 과실로 간주하고 경찰에 신고하는 것을 유예해주었다고 합니다. 정신이 들면서 가장 먼저 입 밖에 낸 소리는 집에 돌아가겠다는 말이었다고 합니다. 어느 집을 말한 것인지는 당사자인 나도 잘 모르겠습니다만, 어쨌든 그렇게 말하고는 엄청나게 울었다고 합니다.

점차 안개가 걷히고 보니 넙치가 베갯머리에 앉아 몹시 불쾌한 표정을 짓고 있었습니다.

"요전에도 연말이었죠. 다들 정말이지 눈알이 핑글핑글 돌 정도로 바쁜데, 늘 연말을 노려서 이런 짓을 저지르니 내가 죽을 맛입니다."

넙치의 말을 들어주는 사람은 교바시의 스탠드바 마담이었습니다.

"마담."

내가 불렀습니다.

"응, 그래. 정신이 들었어?"

마담이 웃는 얼굴을 내 얼굴 위로 덮치듯이 갖다대며 대답했습니다.

눈물을 뚝뚝 흘리며 나도 전혀 생각지도 못한 말이 튀어나왔습니다.

"요시코와 헤어지게 해줘."

마담은 몸을 일으키더니 가느다란 한숨을 내쉬었습니다.

잠시 후 나는 이번 역시 전혀 뜻밖의, 우스꽝스럽기도 하고 바보스럽기도 한, 뭐라고 설명하기 어려운 실언을 하고 말았습니다.

"나는 여자 없는 곳으로 갈 테야."

와하하하, 하고 넙치가 큰 소리로 웃자 마담도 킥킥 웃기 시작했고, 나도 얼굴을 붉힌 채 눈물을 흘리며 쓴웃음을 지었습니다.

"그래, 그게 좋겠어."

넙치는 언제까지나 실실거리고 웃으면서 말했습니다.

"여자 없는 곳으로 가는 게 좋을 거야. 여자가 있으면 아무 일도 안 돼. 여자가 없는 곳이라니, 참 좋은 생각이야."

여자 없는 곳. 그러나 나의 이 바보 같은 헛소리는 나중에 무척 음산한 형태로 실현되었습니다.

요시코는 내가 자신을 대신해서 수면제를 먹었다고 생각했는지 이전보다도 한층 심하게 나에게 겁을 집어먹었고, 내가 무슨 말을 해도 웃지 않았으므로 변변히 말 한마디 건네지 못했습니다. 나는 집 안에 있기가 답답해서 저도 모르게 밖으로 나가 또다시 싸구려 술을 퍼마시게 되었습니다. 그러나 그 수면제 사건 이후로 몸이 눈에 띄게 여위고, 팔다리가 나른해 만화 그리는 작업도 점점 소홀히 하게 되었습니다. 넙치가 문병 인사를 할 때 두고 간 돈(넙치는 그 돈을 '제 성의입니다'라며 자기 주머니에서 나온 돈인 양 내밀었지만, 아무래도 그것은 고향의 형들이 보낸 돈 같았습니다. 그 무렵에는 나도 넙치네 집에서 도망칠 때와는 달리 그가 거들먹거리며 허세를 부린다는 사실을 어렴풋하게나마 간파할 수 있었습니다. 그래서 내쪽에서도 능글맞게 아무런 눈치도 채지 못한 척하며 넙치에게 공손하게 그 돈에 대한 감사의 인사를 했습니다. 하지만 넙치가 왜 그런 번거로운 수작을 부리는지는 알 것도 같고 모를 것도 같았으므로 내 눈에는 아무래도 이상하게만 보였습니다)으로 큰마음 먹고 혼자서 미나미 이즈의 온천에 가보기도 했습니다만, 실상 나는 느긋하게 온천 여행을 즐길 만한 인간도 못 되었고, 요시코를 생각하자 견딜 수 없이 쓸쓸했습니다. 여관방에서 산 풍경을 즐길 만큼 여유가 없었기 때문에 여관에서 내준 솜옷으로 갈아입지도 않고, 온천에 들어갈 생각도 하지 않고 밖으로 뛰쳐나와서는 지저분한 찻집 같은 데 들어가 소주를 그야말로 곤죽이 되도록 마시고는 건강이 한층 더 나빠져서 도쿄로 돌아왔을 뿐입니다.

도쿄에 큰 눈이 내린 밤이었습니다. 나는 취한 채 긴자 뒷골목을 휘청거리며 '여기는 고향 땅에서 몇백 리인가, 여기는 고향에서 몇백 리인가,'라고 작은 소리로 중얼거리듯 노래하면서 내려 쌓이는 눈을 구둣발로 걷어차며 걷다가 갑자기 구토를 했습니다. 그것이 나의 최초의 각혈이었습니다. 눈 위에 커다란 일장기가 그려졌습니다. 나는 잠시 쭈그리고 앉아서 더럽혀지지 않은 눈을 양손으로 쓸어담아 얼굴을 씻으면서 울었습니다.

여기는 어디의 샛길이지?
여기는 어디의 샛길이지?

멀리서 어린 소녀의 서글픈 노랫소리가 환청처럼 희미하게 들려왔습니다. 불행. 이 세상에는 온갖 불행한 사람들이 있다. 아니, 불행한 사람들만 있다고 해도 과언이 아니겠지만 그 사람들의 불행은 이른바 세상을 향해 당당하게 항의할 수 있고, 또한 '세상' 역시 그들의 항의를 너그러이 이해하고 동정해줄 것입니다. 그러나 나의 불행은 모두 나 자신의 죄악에서 나온 것이기에 누구에게도 항변할 도리가 없었고, 또한 우물거리며 항변 비슷한 걸 한마디 하려 하면 딱히 넙치가 아니더라도 세상 사람 전부가, 어떻게 그런 뻔뻔스러운 말을 하느냐며 어이없어할 것이 틀림없었습니다. 나라는 사람은 속된 말로 '방자한 놈'인지 아니면 반대로 마음이 너무 약해빠진 놈인지는 나 자신도 알 수 없지만 어쨌든 타고난 죄악 덩어리인 듯 끝도 없이 불행해지기만 할 뿐이었습니다. 문제는 그걸 막을 수 있는 구체적인 대책이 없다는 것입니다.

몸을 일으킨 나는 일단 급한 대로 무슨 약이든 먹어야겠다는 생각에 근처 약국으로 들어갔다가 약국 부인과 눈이 마주쳤습니다. 부인은 마치 플래시 세례를 한꺼번에 받은 사람처럼 얼굴을 쳐들고 눈을 크게 뜨더니 그대로 굳어버렸습니다. 그러나 그 놀란 듯한 눈에는 경악의 빛이나 혐오의 빛은 없었으며, 구원을 갈구하는 듯, 아니 연모하는 빛이 역력했습니다. 아아, 이 사람도 분명 불행한 사람이다. 불행한 사람은 남의 불행에도 민감한 법이니까, 라고 생각하며 언뜻 보니 부인이 목발을 짚고 불안하게 서 있다는 사실을 알아차렸습니다. 얼른 곁으로 달려가고 싶은 마음을 억누르며 부인과 얼굴을 마주 보고 있는데 눈물이 났습니다. 그러자 부인의 큰 눈에서도 눈물이 뚝뚝 흘렀습니다.

그뿐, 나는 한마디 말도 없이 그 약국에서 나와 비틀거리며 아파트로 돌아와 요시코에게 소금물을 타달라고 해서 마시고는 그대로 자리에 누웠습니다. 이튿날도 감기라고 거짓말로 둘러대고는 온종일 자다가 밤이 되자 내 비밀스러운 각혈이 아무래도 불안하여 견딜 수가 없었습니다. 자리에서 일어난 나는 그 약국으로 가서 이번에는 웃으면서 부인에게 솔직하게 나의 몸 상태를 털어놓고 상담했습니다.

"술을 끊으셔야 해요."

우리는 마치 혈육 같았습니다.

"알코올 중독자가 됐나 봐요. 지금도 마시고 싶거든요."

"안 돼요. 우리 남편도 결핵 환자인 주제에 술로 균을 죽이겠다며 마셔대다가 일찌감치 세상을 떴어요."

"불안해서 안 되겠어요. 무서워서 도저히 견딜 수가 없습니다."

"약을 드릴게요. 술은 드시지 마세요."

부인은(미망인으로 아들이 한 명 있었습니다. 아들은 지바 시인가 어딘가의 의대에 들어간 지 얼마 안 돼 아버지와 같은 병에 걸려 휴학하고 병원에 입원 중이고, 집에는 중풍에 걸린 시아버지가 몸져누워 있다고 했습니다. 부인은 다섯 살 때 소아마비에 걸려 한쪽 다리를 전혀 못 쓰는 상태였습니다) 목발을 탁탁 짚으면서 나를 위해 저쪽 선반과 이쪽 서랍을 돌며 다양한 약을 챙겨주었습니다.

이건 조혈제.

이건 비타민 주사액, 이건 주사기.

이건 칼슘 정제. 위장을 보호하는 디아스타제.

이건 무슨 약, 이건 무슨 약이라고 하며 대여섯 종류의 약에 대해 성심껏 설명해주었습니다만, 불행한 부인의 애정이 내게는 너무 버거웠습니다. 마지막으로 이건 술이 너무 마시고 싶어서 참을 수 없을 때 쓰는 약이라며 재빨리 종이에 싼 작은 상자.

바로 모르핀 주사액이었습니다.

술보다 해가 없다고 부인이 말했으므로 나도 그렇게 믿었습니다. 다른 한편으로는 술에 취한 내 꼬락서니가 정말이지 추저분하다고 느끼던 참이어서 오랜만에 알코올이라는 사탄으로부터 도망칠 수 있다는 기쁨에 나는 조금도 망설임 없이 내 팔에 모르핀을 주사했습니다. 이제 불안감도 초조감도 수치심도 깨끗이 사라졌으므로 무척이나 쾌활한 수다쟁이가 되었습니다. 주사를 맞자 몸이 쇠약하다는 사실도 잊고 만화 작업을 하는 내내 열정이 솟구쳐 웃음이 터질 만큼 절묘한 창작 능력이 생겨났습니다.

주사는 하루에 한 대만 맞을 생각이었지만, 어느덧 두 대가 되고 네 대가 되었을 때 나는 그것 없이는 일을 할 수 없는 지경에 이르고 말았습니다.

"안 돼요. 중독되면 진짜 큰일 나요."

약국집 부인이 그렇게 말하는 소리를 듣고 나는 이미 심각한 중독자가 된 듯한 느낌이 들어서(나는 남의 암시에 정말이지 쉽게 빠져드는 성격입니다. '이 돈은 쓰면 안 돼'라고 하면서 '네가 하는 일은 도대체 믿을 수가 없으니까'라는 말을 덧붙이면 어쩐지 그 돈을 쓰지 않으면 기대를 저버릴 듯한 이상한 착각에 빠져서 결국 그 돈을 써버립니다), 중독에 대한 불안 때문에 약을 더욱 자주 찾게 된 것입니다.

"부탁드립니다! 한 상자만 더. 계산은 월말에 반드시 하겠습니다."

"계산은 언제 해도 상관없지만 경찰이 들이닥치면 시끄러워져요."

아, 언제나 내 주변은 탁하고 어둡고 수상쩍고 떳떳하지 못한 기운이 감돌고 있었습니다.

"어떻게든 안 될까요, 부탁합니다. 부인, 키스해드릴게요."

부인의 얼굴이 붉어졌습니다.

나는 그 순간을 놓치지 않았습니다.

"약이 없으면 일을 할 수 없어요. 내게는 그게 강장제거든요."

"그럼 아예 호르몬 주사를 맞는 게 낫지 않을까요?"

"사람 바보 취급하지 마세요. 술이든 약이든 둘 중 하나가 있어야 일을 할 수 있다고요."

"술은 안 돼요."

"그렇죠? 나는 그 약을 쓴 이후로 술은 한 방울도 마시지 않았습니다. 덕분에 건강도 아주 좋아졌어요. 내가 언제까지나 조잡한 만화 따위나 그리고 살 수는 없지 않겠어요. 이제 술을 끊고 건강을 되찾아 제대로 공부해서 꼭 훌륭한 화가가 될 겁니다. 지금이 중요한 고비입니다. 그러니 제발 부탁이에요. 키스해드릴까요?"

부인은 웃으며 말했습니다.

"큰일이네요. 중독돼도 난 몰라요."

그러고는 탁탁 목발 소리를 내며 선반까지 가서 약품을 꺼내주었습니다.

"한 상자 다는 못 줘요. 금방 다 써버릴 테니까. 절반만 드릴게요."

"쩨쩨하기는. 뭐, 할 수 없지."

집으로 돌아오자마자 당장 주사를 한 대 놓았습니다.

"안 아프세요?"

요시코가 쭈뼛거리며 물었습니다.

"당연히 아프지. 하지만 능률을 올리기 위해서는 싫어도 이짓을 하지 않을 수 없어. 내가 요즘 아주 원기가 왕성하지 않았어? 자, 일을 시작해야 해. 일, 일."

큰 소리로 떠들어댑니다.

한밤중에 약국 문을 두드린 적도 있습니다. 잠옷 차림으로 딸가닥딸가닥 목발을 짚고 나온 부인에게 느닷없이 달려들어 키스를 하고는 우는 시늉을 했습니다.

부인은 아무 말 없이 나에게 한 상자 건넸습니다.

이 약품 역시 소주처럼, 아니 그 이상으로 불결하고 저주스러운 물건이라는 걸 절실히 깨달았을 때는 이미 완전히 중독자가 된 뒤였습니다. 정말이지 몰염치의 극치였습니다. 나는 그약품을 손에 넣고 싶은 일념에 또다시 춘화를 모사하기 시작했고, 약국 부인과는 글자 그대로 '추잡한 관계'를 맺었습니다.

'죽고 싶다. 차라리 죽고 싶다. 이제는 돌이킬 수가 없어. 어떤 짓을 해도 무얼 해도 점점 나빠질 뿐이다. 수치에 수치를 더할 뿐이다. 자전거를 타고 아오바 폭포를 보러 간다는 것은 기대조차 할 수 없게 됐다. 더러운 죄에 천박한 죄가 더해지고, 고뇌는 증폭하고 극심해질 뿐이다. 죽고 싶어. 죽어야만 해. 살아있다는 것 자체가 죄의 씨앗이야' 라고 막다른 생각까지 하면서도 여전히 아파트와 약국 사이를 미친 듯이 왔다 갔다 할 뿐이었습니다.

아무리 일을 해도 약 사용량 또한 그만큼 늘어나는 바람에 약국의 빚은 무서울 정도로 불어났습니다. 부인은 내 얼굴만 보면 눈물을 보였고, 그럴 때면 나도 따라서 눈물을 흘렸습니다.

지옥.

이 지옥에서 벗어나기 위한 최후의 수단. 그것도 실패하면 목을 매는 수밖에 없다고, 신의 존재를 걸고 도박을 할 정도의 굳은 결의로 고향의 아버지께 긴 편지를 써서 나의 사정을 있는 그대로(여자 일은 아무리 그래도 쓸 수가 없었습니다) 고백하기로 했습니다.

그러나 결과는 더욱 꼬여만 가서 아무리 기다려도 답장은 오지 않았습니다. 초조감과 불안감에 휩싸인 나는 외려 약의 양을 더욱 늘려야만 했습니다.

오늘 밤에는 한꺼번에 주사 열 대를 맞고 큰 강에 뛰어들자고 각오를 다졌던 그날 오후, 넙치가 악마적 육감으로 냄새를 맡았는지 호리키를 데리고 나타났습니다.

"너 각혈했다면서?"

호리키는 내 앞에서 양반다리를 하고 앉자마자 그렇게 말하고는 지금까지 한번도 본 적이 없을 정도로 다정한 미소를 지었습니다. 그 다정한 미소가 고맙고도 기뻐서 나는 그만 고개를 돌리고 눈물을 흘렸습니다. 그 한 번의 다정한 미소에 나는 완전히 부서져서 매장되고 말았습니다.

나는 자동차에 태워졌습니다. 어쨌든 한시바삐 입원해야 한다. 뒷일은 우리한테 맡겨라. 넙치는 숙연한 어투로(그것은 참으로 자비롭다고 형용하고 싶을 만큼 조용한 어조였습니다) 내게 권했고, 나는 의지력도 판단력도 아무것도 없는 사람처럼 그저 꺽꺽거리고 울면서 두 사람의 말에 순순히 따랐습니다. 요시코까지 넷이서 꽤 오랫동안 자동차를 타고 가다가 주변이 어두컴컴해졌을 무렵에야 숲 속의 큰 병원 현관에 도착했습니다.

나는 그곳이 결핵 요양소일 것이라고 생각했습니다.

젊은 의사가 지나칠 정도로 친절하고 정중하게 진찰을 했습니다.

"잠시 여기서 정양하셔야겠군요."

의사는 거의 수줍다고 할 만한 미소를 지으며 말했습니다. 넙치와 호리키와 요시코는 나 혼자만 남겨두고 돌아갔습니다. 그때 요시코가 갈아입을 옷을 싼 보자기를 나에게 건네주면서 잠자코 허리띠에서 주사기와 사용하고 남은 그 약을 꺼내 내밀었습니다. 그녀 역시 강장제라고만 생각했던 것일까요?

"아냐, 이젠 필요 없어."

실로 드문 일이었습니다. 누군가가 권하는 것을 거부한 것은 내 인생을 통틀어 그때가 유일했다고 해도 과언이 아닙니다. 내 불행은 거절할 능력이 없어서 생긴 것이었습니다. 권하는 것을 거절하면 상대의 마음에도 내 마음에도 영원히 치유할 수 없는 수선 불가능한 균열이 생길 것 같은 공포에 위협당했던 것입니다. 하지만 나는 한때 거의 미치광이처럼 탐했던 모르핀을 자연스럽게 거절했습니다. 요시코의 이른바 '신성에 가까운 무지'에 감동한 탓일까요? 아니면 그 순간 나는 이미 중독 상태에서 벗어난 것이었을까요?

하지만 나는 곧바로 그 수줍은 미소를 짓는 의사의 안내를 받아 어느 병동에 수용되었고, 철컥 하고 자물쇠가 채워졌습니다. 정신병원이었습니다.

다이알을 마셨을 때 여자 없는 곳으로 가고 싶다고 했던 바보 같은 헛소리가 기묘한 형태로 실현된 것입니다. 그 병동의 미치광이들은 모두 남자였고, 간호사까지 남자여서 여자는 한 명도 없었습니다.

이제 나는 죄인이 아니라 미치광이가 되었습니다. 아니요, 나는 결코 미치지 않았습니다. 한순간도 미친 적이 없습니다. 하지만 아아, 미치광이들은 대개 그렇게들 말한다고 합니다. 즉 이 병원에 들어온 자는 미친 자고 들어오지 않은 자는 정상인이라는 것이지요.

신께 묻겠습니다. 무저항은 죄인가요?

나는 호리키의 그 불가사의한 아름다운 미소를 보고 눈물이 흐르면서 저항할 능력을 상실한 채 차를 탔고, 이곳에 끌려와서 정신 이상자가 되었습니다. 이곳을 나가더라도 나의 이마에는 미친 사람, 아니, 폐인이라는 낙인이 찍히겠지요.

인간 실격.

이제 나는 더 이상 인간이 아니었습니다.

내가 여기에 왔던 초여름쯤에 창문의 철제 창살 사이로 정원의 작은 연못에 핀 빨간 수련이 보였습니다. 그로부터 3개월이 지나 정원에 코스모스가 피기 시작할 무렵, 뜻밖에도 고향의 큰형이 넙치를 데리고 나를 찾아왔습니다. 아버지가 지난달

말 위궤양으로 세상을 떠났다고 말했습니다.

"우리는 너의 과거를 묻지는 않겠어. 먹고사는 건 걱정하지 않아도 되게끔 해줄 생각이야. 이제부터 아무것도 하지 않아도 좋아. 그 대신 여러 모로 미련이야 남아 있겠지만 당장 도쿄를 떠나 고향에서 요양 생활을 시작하도록 해. 네가 도쿄에서 저지른 일의 뒤처리는 시부타가 할 거니까, 그건 신경 쓰지 않아도 된다."

큰형은 아주 진지하고 긴장된 어조로 그렇게 말하는 것이었습니다.

고향의 산하가 눈앞에 보이는 듯해서 나는 가볍게 고개를 끄덕였습니다.

그야말로 폐인.

아버지가 돌아가셨다는 소식을 듣고 나자 나는 더욱 무기력해졌습니다. 이제 아버지가 없다. 내 마음속에서 한시도 떠난 적이 없던 다시없이 그립고 두려운 존재가 이제는 존재하지 않는다. 내 고뇌의 항아리가 텅 빈 듯한 느낌이 들었습니다. 그 항아리가 유난히 무거웠던 것은 아버지 때문일지도 모른다는 생각이 들었습니다. 의욕을 깡그리 잃어버리고 말았습니다. 고뇌할 능력조차 상실했습니다.

큰형은 내게 한 약속을 정확하게 실행에 옮겼습니다. 내가 태어난 곳에서 기차로 네다섯 시간 남쪽으로 내려간 곳에 있는 동북 지방에는 보기 드물 정도로 따뜻한 해변의 온천지가 있습니다. 그 마을 변두리에 방이 다섯 개나 되지만 낡아서 벽이 내려앉고 기둥은 벌레가 파먹어 거의 수리도 불가능할 정도의 초가집을 사서 내게 주고, 육십이 다 된 시뻘건 머리털의 추한 하녀 한 명을 붙여주었습니다.

그로부터 3년하고도 좀 더 지나는 동안 나는 그 데쓰라는 늙은 여자 하녀에게 몇 번이고 괴상한 짓을 당했고, 가끔은 부부싸움 같은 것도 하게 되었습니다. 가슴의 병은 일진일퇴해서 살이 쪘다 빠졌다 혈담이 나왔다 그쳤다 했습니다. 어제는 데쓰에게 칼모틴을 사오라고 약국으로 심부름을 보냈더니 평소에 봤던 모양이 아닌 다른 모양의 상자에 든 칼모틴을 사왔습니다. 나는 별 신경 쓰지 않고 자기 전에 열 알을 먹었는데 전혀 잠이 오지 않아 이상하게 생각하고 있던 차에 갑자기 배탈이 나서 부리나케 변소에 갔더니 심한 설사를 했습니다. 더구나 그 다음에도 잇달아 세 차례나 변소에 갔습니다. 아무래도 이상해서 약 상자를 자세히 보았더니 그것은 헤노모틴이라는 설사약이었습니다.

나는 똑바로 누워서 배에 따뜻한 물이 담긴 주머니를 올려놓고 데쓰에게 잔소리를 좀 해줘야겠다고 생각했습니다.

"이건 칼모틴이 아니야. 헤노모틴이란 거야."

이렇게 말하고 흐흐흐, 하고 웃고 말았습니다. '폐인'은 아무래도 희극 명사인 모양입니다. 잠을 푹 자려고 먹은 것이 설사약이라니! 더구나 그 설사약의 명칭이 헤노모틴.

지금 내게는 행복도 불행도 없습니다.

모든 것은 그저 지나갑니다.

내가 지금까지 아비규환으로 살아온 이른바 '인간'의 세계에서 단 하나 진리라고 생각된 것은 그것뿐입니다.

모든 것은 그저 지나간다.

나는 금년에 스물일곱이 됩니다. 백발이 눈에 띄게 늘어서 대부분의 사람들은 나를 마흔이 넘은 나이로 봅니다.

후기

이 수기를 쓴 광인은 내가 직접 아는 사람은 아니다. 하지만 이 수기에 나오는 교바시의 스탠드바 마담으로 여겨지는 인물은 조금 알고 있다. 작은 몸집에 얼굴빛이 창백하고 눈은 가늘게 치켜 올라가 있고, 콧대가 서 있어 미인이라기보다는 잘생긴 청년이라고 하는 것이 어울릴 정도로 다부진 느낌을 주는 사람이다.

이 수기에는 분명 1930년에서 1932년 즈음의 도쿄 풍경이 주로 묘사되어 있는 것 같은데, 내가 친구를 따라 교바시의 그 스탠드바에 두세 번 들러 하이볼 같은 것을 마신 것은 일본의 '군부'가 노골적으로 설쳐대기 시작한 1935년 전후였으니까 이 수기를 쓴 사내를 만날 기회가 없었던 것이다.

그런데 나는 올 2월, 지바 현의 후나바시 시에 피난 가 있던 한 친구를 방문했다.

그 친구는 내 대학 시절의 동창생으로 지금은 모 여자대학에 강사로 출강하고 있다. 실은 이 친구에게 내 가족의 혼담을 부탁해둔 일도 있었기 때문에 겸사겸사 집안 식구들에게 신선한 해산물이라도 사서 먹일 요량으로 배낭을 메고 후나바시 시로 갔던 것이다.

후나바시 시는 흙탕물로 누레진 바다를 낀 꽤 큰 도시였다. 그 지역 사람들에게 새로 이사 온 친구네 집 주소를 보여주며 아느냐고 물었으나 잘 알지 못했다. 날씨가 추운데다가 배낭을 멘 어깨까지 아파 오던 차에 마침 레코드를 타고 들려오는 바이올린 소리에 이끌려 어느 찻집 문을 밀고 들어갔다.

그곳의 마담 얼굴이 왠지 낯이 익어 나를 아느냐고 물어보았더니, 10년 전 교바시에서 작은 바를 운영하던 마담이었다. 마담이 나를 바로 기억해줘서 서로 놀라워하며 인사를 나누었다. 그런 자리에서 으레 나오게 마련인, 공습으로 집이 타버린 과거사를 서로 자랑하듯 늘어놓았다. 누가 묻지도 않았는데 말이다.

"당신은 정말로 변하지 않았어."

"아니에요. 이젠 할머니죠 뭘요. 몸이 삐거덕거려요. 선생님이야말로 여전히 젊으시네요."

"무슨 소리예요. 아이가 셋인걸요. 오늘은 그 녀석들 먹을 거나 좀 사다주려고 왔어요."

이렇게 오랜만에 만난 사람끼리 나누는 인사를 교환한 뒤 둘의 공통 지인의 소식을 묻던 와중에 마담이 느닷없이 정색을 하고 내게 물었다.

"선생, 혹시 요조라는 사람 알아요?"

내가 모른다고 대답하자 마담은 안으로 들어가서 세 권의 노트와 세 장의 사진을 내게 건네며 말했다.

"어쩌면 소설 소재가 될지도 몰라요."

나는 남이 권하는 소재로는 글을 잘 쓰지 않기 때문에 바로 그곳에서 돌려주려고 생각했지만(기괴한 석 장의 사진에 대해서는 서문에서도 썼다) 그 사진에 이끌려 일단 노트를 받아두기로 하고, 돌아오는 길에 다시 들르기로 했다. 그리고 이 동네 몇 번지에 사는 모씨라는 이름의 여자대학 교수의 집을 아느냐고 물었더니, 역시 새로 온 주민들끼리는 알고 있었다. 가끔 이 찻집에도 들른다고 했다. 집이 바로 이 근처였다.

그날 저녁, 친구와 술을 몇 잔 마시고 그곳에서 묵기로 한 나는 밤새 한숨도 자지 않고 마담에게서 건네받은 노트를 읽었다.

그 수기는 아주 오래전의 이야기였지만 요즘 사람들이 읽어도 꽤 흥미를 느낄 만한 내용이었다. 어설프게 내가 가필을 하는 것보다는 이대로 어딘가의 잡지사에 부탁해서 발표하는 것이 좀 더 의미가 있을 것 같다는 생각이 들었다.

아이들에게 먹일 만한 해산물은 건어물뿐이었다. 나는 배낭을 메고 친구네 집에서 나와 다시 그 찻집에 들렀다.

"마담, 어제는 고마웠습니다. 그런데……."

나는 바로 본론으로 들어갔다.

"그 노트를 잠시 빌려줄 수 있나요?"

"네. 그러세요."

"이 사람, 아직 살아 있습니까?"

"글쎄, 잘 모르겠어요. 10여 년쯤 전에 교바시의 가게로 그 노트와 사진이 든 소포가 왔어요. 보낸 사람은 요조임에 틀림없다고 생각하지만, 소포에는 주소도 이름도 안 적혀 있더라고요. 공습 때 다른 것들이랑 섞여 있었는데, 신기하게도 노트만 무사했다니까요. 얼마 전에 처음으로 이걸 전부 읽어보고……."

"울었습니까?"

"아니, 울었다기보다…… 끝장난 거지요? 인간도 그 지경이 되면 더 이상 가망이 없는 거겠죠."

"그러고 나서 10년이나 지났으니 죽었을지도 모르겠군요. 이건 당신에게 감사의 뜻으로 보낸 거겠죠, 다소 과장해서 쓴 부분도 있지만. 그나저나 마담도 꽤 큰 피해를 입은 것 같군요,

만약 이게 전부 사실이라면. 그리고 내가 이 사람의 친구였다면 역시 정신병원으로 데려가고 싶었을지도 모르지요."

"그 사람의 아버지가 나빠요."

마담이 무심하게 말했다.

"내가 알고 있는 요조는 정말로 순수하고 눈치도 빨랐는데, 술만 마시지 않았더라면, 아니 마셨어도…… 하느님같이 착한 아이였어요."

여학생

女生徒

아침에 막 눈을 떴을 때의 기분은 가벼운 흥분 상태다. 숨바꼭질할 때 캄캄한 벽장 속에 가만히 웅크리고 있노라면 급작스럽게 문이 활짝 열리며 햇살이 눈부시게 쏟아지면서 술래가 큰 소리로, "찾았다!"라고 소리 지르는 순간의 눈부심. 운 나쁘게 잡혔다는 사실이 못마땅한데 심장은 고동치고, 흐트러진 매무새를 고치면서 조금 멋쩍게 벽장에서 나올 때의 울컥 화가 치미는 느낌이라고 해야 할까. 아니, 아니야. 그런 느낌도 아니다. 그보다는 더는 참을 수 없는 기분이다. 상자를 열면 그 속에 또 작은 상자가 나오고, 그 작은 상자를 열면 더 작은 상자가 나오고, 다시 그 상자를 열면 더 작은 상자가 나온다. 그렇게 일곱 개, 여덟 개를 열면 결국 마지막에는 주사위만한 작은 상자가 나와 그걸 살짝 열어보면 아무것도 없는 텅 빈 것을 봤을 때의 느낌에 가깝다. 아침에 눈이 번쩍 떠진다는 건 새빨간 거짓말이다. 어지럽고 혼탁했다가 어느 순간 점차 녹말이 아래로 가라앉아 조금씩 맑은 윗물이 생기고 나서야 가까스로 무거운 눈꺼풀이 떠진다. 아침은 견딜 수 없을 정도로 언짢다. 슬픈 일들이 가슴까지 차올라 참을 수가 없다. 정말 싫다, 싫어. 아침의 내가 가장 싫다. 두 다리가 흐느적흐느적 힘이 풀려 아무것도 하고 싶지 않다. 어젯밤 잠을 푹 자지 못해서일까. 아침에 힘이 난다는 말, 그건 거짓말이다. 아침은 잿빛, 언제나 똑같다. 아침은 허무하다. 언제나 변함없이 가장 허무한 시간이기에 잠자리에서 깨어난 아침은 염세적이 된다. 생각조차 하기 싫은 갖가지 추악한 일들에 대한 후회가 한꺼번에 몰려와 숨통을 죄어 몸부림치게 한다.

아침은 심술쟁이.

"아빠!"

하고 작은 소리로 불러본다. 조금 쑥스럽긴 하지만 기쁨에 겨워 벌떡 일어나 이불을 갠다. 이불을 들어 올릴 때 '으라차차!' 하는 기합 소리를 내는 순간 아차, 하고 후회가 된다. 문득 이제까지 이런 촌스러운 소리를 내는 여자가 아니었나 생각해본다. '으라차차'라니, 할머니들이나 내는 그따위 촌스러운 소리는 별로다. 왜 그런 소리를 낸 걸까? 내 몸 안의 어딘가에 할머니가 한 명 들어 있는 것 같아 기분이 나쁘다. 앞으로는 정신 바짝 차려야지. 누군가의 채신머리없는 걸음걸이를 보고 빈정대다가 문득 나도 그런 우스꽝스러운 걸음걸이로 걷고 있다는 걸 알았을 때처럼 맥이 빠진다.

아침에는 늘 자신이 없다. 잠옷 바람으로 경대 앞에 앉아본다. 안경을 벗고 거울을 보면 얼굴이 흐릿하게 비쳐서 그런지 제법 그럴듯하다. 안경 쓴 얼굴이 싫지만 다른 사람은 모르는 안경의 장점도 있다. 나는 안경을 벗고 먼 곳을 바라보는 걸 좋아한다. 온 세상이 뿌옇게 보여 꿈처럼, 아니 작은 구멍으로 들여다본 그림처럼 멋지다. 더러운 건 그 무엇도 보이지 않는다. 큼직한 것만이, 선명하고 강렬한 색과 빛만이 눈에 들어온다. 그래서 안경을 벗고 사람 보는 것을 좋아한다. 그럴 때면 상대방의 얼굴이 하나같이 상냥하고 웃는 것도 예쁘다. 게다가 안경을 벗고 있으면 남과 싸우고 싶은 생각도 없어지고 남의 뒷담화도 하기 싫다. 그저 잠자코 멍하니 있을 뿐이다. 그럴 때는 남의 눈에 내가 좋은 사람처럼 보일 거라는 생각이 들면서 더욱 멍하니 마음을 놓은 채 어리광이라도 부리고 싶을 정도로 느슨하고 온순해진다.

그렇기는 해도 역시 안경은 싫다. 안경을 쓰면 얼굴이라는 느낌이 없어진다. 안경은 얼굴에서 풍기는 갖가지 정서(로맨틱함, 아름다움, 거칠고 연약함, 천진난만함과 애수 같은 것)를 모조리 가려버린다. 게다가 눈으로 이야기를 나누는 것조차 불가능하다.

안경은 괴물.

나 자신이 안경 쓰는 걸 질색해서인지 눈의 아름다움을 가장 중요하게 생각하게 됐다. 코가 없다고 해도, 입이 가려져 있다고 해도 눈을, 그 눈을 보고 있노라면 스스로가 좀 더 아름답게 살아야겠다고 마음먹게 되는 그런 눈이었으면 좋겠다. 그런데 내 눈은 그저 크기만 할 뿐이다. 가만히 내 눈을 들여다보고 있으면 맥이 빠진다. 엄마조차 내 눈은 별로라고 말한 적이 있다. 이런 눈을 총기가 없다고 하나 보다. 그냥 숯덩이 같기도 해서 맥이 빠진다. 거울을 볼 때마다 나는 간절하게 촉촉하고 예쁜 눈이었으면 좋겠다고 생각한다. 호수처럼 청정한 눈, 푸른 초원에 드러누워 드넓은 하늘을 보고 있는 듯한 눈, 이따금 구름의 흐름이 비치고 새의 그림자까지 뚜렷이 비치는 그런 아름다운 눈을 가진 사람을 많이 만나보고 싶다.

오늘 아침부터 5월이다. 그 생각을 하자 어쩐지 기분이 조금 들뜬다. 역시 기쁘다. 이제 여름이 가까이 다가왔다. 마당에 나가보니 딸기꽃에 눈길이 멈춘다. 아빠가 돌아가셨다는 사실이 와 닿지 않는다. 이제 우리 곁에 없다는 걸 이해하기 힘들다. 납득이 가지 않는다. 언니, 헤어진 사람들, 오랫동안 만나지 못한 사람들까지 몹시 그립다. 아무래도 아침에는 지난 일들, 그 옛

날 함께했던 사람들이 가까이에 있는 단무지 냄새처럼 시시하게 느껴져 견딜 수가 없다.

'자피'와 '가와'(불쌍한 개라서 가와[*]라고 부른다)가 내게 달려왔다. 개 두 마리가 나란히 서 있는데 자피만 귀여워해주었다. 자피의 새하얀 털은 아름답게 빛나지만 가와는 추저분하다. 자피를 귀여워해주면 옆에 있던 가와가 울상을 짓는다는 걸 잘 안다. 가와가 절름발이라는 것도 잘 안다. 가와는 청승맞아 보여 왠지 싫다. 정말이지 가련해서 견딜 수가 없어 일부러 짓궂게 구는 것이다. 가와는 떠돌이 개처럼 보이니 언젠가 개장수에게 잡혀가 죽을지도 모른다. 절름발이라서 도망치는 것도 느리겠지. 가와, 어서 산속에라도 가버려. 넌 누구에게도 사랑받지 못하니 빨리 죽는 게 나을 테니까. 나는 가와는 물론이고 사람에게도 못된 짓을 하는 아이다. 남에게 심술궂고 별난 자극도 준다. 정말 못된 아이다. 툇마루에 앉아 자피의 머리를 쓰다듬어주면서 눈 속에 스며드는 파릇한 잎사귀를 보고 있자니 공연히 속이 상해 땅바닥에 털썩 주저앉고 싶어진다.

울고 싶다. 잠시 한숨 돌리고는 눈을 충혈시키면 눈물이 조금이라도 나올지 모른다는 생각으로 그렇게 해봤지만 안 나왔다. '이제 눈물도 메마른 여자가 되었는지도 모른다. 어떡

---

[*] 불쌍하다는 의미를 가진 가와이소나에서 비롯된 말이다.

하지!'

단념하고 방 청소를 시작했다. 청소를 하다가 갑자기 〈토오진 오키치〉*를 흥얼거리다가 흠칫 주변을 두리번거렸다. 평상시 모차르트나 바흐에 빠져 지내던 내가 무의식적으로 〈토오진 오키치〉를 불렀다는 사실을 생각하자 우스웠다. 이불을 들어 올리면서 으라차차 하는 소리를 내지를 않나, 청소를 하면서 〈토오진 오키치〉를 부르는 걸 보니 나도 이제 한물갔다는 생각이 든다. 어쩌다 이렇게 되었을까……. 이러다 잠꼬대로 천박한 말을 내뱉을지 모른다고 생각하자 불안해서 견딜 수가 없었다. 하지만 왠지 웃음이 나와 비질하던 손을 멈추고 혼자서 씩 웃었다.

어제 바느질을 마무리한 새 속옷을 입었다. 가슴 부분에 작고 하얀 장미꽃 자수가 놓인 옷이다. 겉옷을 입으면 이 자수가 안 보인다. 아무도 모르겠지. 좋았어!

엄마는 누군가의 혼담을 주선하느라 부산스럽다. 오늘도 아침 일찍이 외출하셨다. 내가 어렸을 때부터 엄마는 남의 일이라면 발 벗고 나서는 사람인지라 이번 일도 그러려니 하지만 정말이지 잠시도 가만히 계시지 않는 엄마가 대단한 활동가라

---

* 막부 말기에 태어나 메이지 시대를 보낸 게이샤 토오진 오키치(1841~1890)의 슬픈 삶을 그린 노래다. 연극, 소설로도 알려져 있다.

는 생각이 든다. 아빠가 공부에만 골몰해 계셨으니 엄마가 아빠 몫까지 하며 산 것이다. 아빠는 사교와는 담 쌓고 살았지만, 엄마는 기분 좋은 사람들의 사교 모임을 솔선해서 주선하셨다. 두 분의 성격은 완전히 달랐지만 서로를 존경했던 것 같다. 어디 하나 기슬리는 구석이 없는 아름답고 평온한 부부라고나 할까? 아아, 이건 주제넘은 생각이다.

장국이 데워질 때까지 부엌 앞에 앉아 눈앞에 펼쳐진 잡목림을 멍하니 바라보았다. 그러고 있노라니 문득 옛날에도, 그리고 앞으로도 이처럼 부엌 앞에 똑같은 자세로 앉아 지금과 똑같은 생각을 하면서 눈앞에 펼쳐진 잡목림을 바라보았고, 또 바라볼 것이라는 생각에 과거, 현재, 미래가 한순간에 느껴지는 듯한 묘한 기분에 휩싸였다. 이런 일은 가끔 있다. 방에 앉아 누군가와 이야기를 나누면서 시선을 테이블 구석에 딱 고정시킨 채 입만 나불거릴 때가 있다. 그럴 때는 묘한 착각에 빠져든다. 언제였던가, 지금과 똑같은 상황에서 똑같은 이야기를 하다가 역시 테이블 구석을 응시하고 있었는데, 앞으로도 지금과 같은 일이 똑같이 그대로 일어날 것이라고 믿고 싶었다. 아무리 먼 시골의 들길을 걸을 때도 그 길을 언젠가 와본 것 같은 기분이 든다. 걸으면서 길녘의 콩잎을 홱 잡아 뜯을 때도 역시 이 길, 아니 이 부근의 콩잎을 마구 잡아 뜯었던 기억이 있다. 그리하여 또 앞으로도 몇 번이고 계속 이 길을 걸으며, 이 지점에서 콩잎을 뜯을 것이라고 믿는다. 언젠가 이런 일도 있었다. 목욕을 하다가 문득 손에 눈길이 멈추었다. 그러자 앞으로 몇 년 후에 목욕탕 안에 들어갈 때에도 지금 내가 무심코 손을 봤던 일을, 그리고 손을 보면서 느꼈던 일을 떠올리게 될 것이라는 생각이 들었다. 그러자 어쩐지 암울해졌다.

또 어느 날 저녁, 밥을 푸고 있을 때 인스피레이션, 즉 영감이라고 하면 과장이겠지만 그와 비슷한 뭔가가 몸속으로 쌩하고 잽싸게 지나가는 걸 느꼈는데, 철학의 꽁지라고 말하고 싶은 그것이 지나가고 나자 머리며 가슴 할 것 없이 구석구석이 투명해져서 산다는 것에 대해 어쩐지 포근하니 안정감을 느끼고, 잠자코 아무 소리도 안 내고, 묵이 쑤어지듯이 유연성을 지닌 채, 그대로 파도에 몸을 맡기듯 두둥실 아름답게 살아갈 수 있을 것 같았다. 그런 걸 가지고 철학 운운할 것은 없다. 도둑고양이처럼 아무 소리도 내지 않고 살아갈 것 같은 예감은 제대로 된 것이 아니어서 도리어 두렵기만 하다. 그런 기분이 오래 지속된다면 신들린 사람처럼 될 것 같다. 예수 그리스도. 하지만 여자 예수 그리스도라니, 그건 정말이지 싫다.

결국 한가하고 생활에 어려움이 없으니 매일 수백 번, 수천 가지를 보고 들으면서 느낀 감수성을 감당하지 못해 멍하니 있는 사이에 그것들이 도깨비 같은 몰골로 여기저기 출몰하는 것인지도 모른다.

식당에서 혼자 밥을 먹었다. 올해 처음으로 오이를 먹었다. 여름은 오이의 푸른빛으로 오기 시작한다. 5월의 청량함에는 가슴이 텅 빈 것 같은 아련하고 간질거리는 슬픔이 있다.

혼자 식당에서 밥을 먹고 있자니 무작정 여행을 떠나고 싶어진다. 기차를 타고 싶다. 신문을 읽었다. 고노에*씨의 사진이 실려 있었다. 고노에 씨는 좋은 사람일까. 나는 이런 얼굴은 별로다. 이마가 마음에 들지 않는다. 신문은 책 광고 문구를 보는 게 제일 재미있다. 글자 한 자, 문장 한 구절에 100엔 200엔의 광고료를 내야 하므로 정말 열심이다. 글자 한 자, 문장 한 구절에 최대의 효과를 거두려고 끙끙대며 신음소리를 내면서 짜낸 듯한 명문이 들어 있다. 이렇게 많은 돈이 든 문장은 세상에 그리 많지 않을 것이다. 어쩐지 기분이 좋다. 통쾌하다.

식사를 끝내고 문단속을 한 뒤 학교에 갔다. 괜찮을까. 비가 안 올 것 같기는 하지만, 그래도 어제 엄마가 준 우산을 어떻게든 쓰고 싶어서 그걸 가지고 갔다. 그 우산은 엄마가 옛날 처녀 적에 쓰던 것이다. 이런 우산을 발견하다니, 기분이 좋았다. 이 우산을 들고 파리의 도심을 걷고 싶다. 아마 전쟁이 끝날 즈음이면 분명히 이처럼 꿈을 간직한 듯한 고풍스러운 우산이 유행

---

* 고노에 후미마로(1891~1945). 일본의 정치가로 중·일전쟁 때 수상을 지냈다. 일본을 전쟁의 수렁으로 이끈 인물이다.

하겠지. 이 우산에는 보닛 풍의 모자가 어울릴지도 몰라. 분홍색 소매에, 깃이 넓게 젖혀지는 기모노를 입고, 검은색 실크 레이스로 장식된 긴 장갑을 끼고, 차양이 넓은 커다란 모자에 어울리는 아름다운 보라색 제비꽃을 달고 말이지. 그리고 녹음이 짙어가는 계절이 오면 파리의 한 레스토랑으로 점심을 먹으러 가는 거다. 우수에 젖은 얼굴로 턱을 괴고 거리를 지나치는 사람들의 물결을 보고 있을 때, 누군가 내 어깨를 살그머니 두드린다. 그때 느닷없이 음악이 흐른다. 장미의 왈츠가! 아아, 진짜 웃기는구나. 현실은 이런 오래되고 빛바랜 기이한 모양의, 가늘고 긴 손잡이가 달린 우산 한 자루뿐. 나 자신이 새삼 가엾고 애처롭다. 성냥팔이 소녀여, 어디 풀이라도 좀 뽑고 학교에 가시죠.

집을 나설 때는 집 안에 난 잡초라도 좀 뽑아야겠다. 엄마를 위한 근로 봉사니까. 오늘은 뭔가 좋은 일이 생길지도 모르겠다. 같은 풀인데도 왜 이렇게 잡아 뜯고 싶은 풀과 가만히 내버려두고 싶은 풀 등 종류가 여러가지일까? 사랑스러운 풀과 그렇지 않은 풀이 있다. 모양은 거기서 거긴데, 왜 이렇게 안쓰러운 풀과 밉살스러운 풀로 확연히 나뉘는 걸까? 이유는 없다. 여자의 좋고 싫음이라는 것이 너무나도 엉터리인 것과 마찬가지다. 십여 분 간의 근로 봉사를 마치고 서둘러 정류장으로 갔다. 밭길을 지나다 보니 문득 그림이 그리고 싶어졌다. 도중에 신사가 있는 오솔길을 지났다. 이곳은 내가 찾아낸 지름길이다. 오솔길을 걸으면서 문득 아래를 내려다보니 두 치 정도 자라난 보리가 무리지어 있었다. 파릇파릇한 보리를 보고 있노라니, 아아, 올해도 군인들이 왔다는 것을 알 수 있다. 작년에도 많은 군인들과 말이 무리지어 와서 이 신사의 숲 속에서 쉬었었다. 얼마 후 그곳을 지나면서 보니 보리가 오늘처럼 쑥쑥 자라 있었다. 하지만 그 보리는 더 이상 자라지 않았다. 올해도 군인들의 말먹이 통에서 새어나와 길녘에 싹을 틔운 보리는 가엾게도 더 이상 자라지 못하고 죽어버리겠지. 응달진 곳이라 햇살이 닿지 않으니 말이다.

신사의 숲 속 오솔길을 빠져나와 역 부근에서 일꾼 네댓 명과 마주쳤다. 그 일꾼들은 차마 입에 담기조차 거북한 상스러운 욕설을 예사로 내뱉었다. 나는 어찌해야 좋을지 몰라 쩔쩔맸다. 그 거친 일꾼들 사이를 급히 앞질러 지나치고 싶었지만 조금 망설여졌다. 그렇다고 가만히 서서 일꾼들을 먼저 보낸 뒤 거리가 생길 때까지 기다리는 건 더 큰 담력을 필요로 한다. 그건 실례되는 일이라 일꾼들이 화를 낼지도 모르니까. 몸이 뻣뻣하게 굳어지면서 눈물이 날 것 같았다. 나는 그런 내 모습이 부끄러워 그들을 향해 웃어주었다. 그리고 천천히 그들 뒤를 따라 걸어갔다. 당시는 그것으로 끝이었지만, 내 노여움은 전차를 타고 나서도 쉽게 가라앉지 않았다. 이런 별것 아닌 일에 태연해질 수 있도록 어서 강하게 자랐으면 좋겠다.

전차 문 바로 가까이에 빈자리가 있어서 가만히 소지품을 놓고 스커트의 주름을 가다듬고 앉으려는데, 안경 쓴 남자가 내 소지품을 옆으로 치우고는 얼른 앉아버린다.

"저기요, 거긴 제가 맡은 자린데요."

그렇게 말했지만 남자는 쓴웃음을 지으며 태연하게 신문을 펴서 읽기 시작한다. 잘 생각해보면 어느 쪽이 뻔뻔한 건지 나도 모르겠다. 내가 더 뻔뻔한지도 모른다.

하는 수 없이 우산과 소지품을 선반에 올려놓은 뒤 손잡이에 매달려 여느 때처럼 잡지를 읽으려고 한 손으로 페이지를 넘기며 문득 엉뚱한 생각을 한다.

내게서 책 읽는 습관을 없앤다면 경험이 부족한 나는 울상을 짓겠지. 그 정도로 나는 책에 의지하고 있다. 책을 읽을 때면 책에 완전히 몰입하여 내용을 있는 그대로 신뢰하고, 동화되어 공감하면서 거기에 내 삶을 연결시켜본다. 그러다 새로운 책을 읽을 때 역시 순식간에 그 책에 동화되어버린다. 남의 생각을 훔쳐 와서 슬그머니 내 것으로 만드는 재주, 그 교활함이 내 유일한 특기다. 이 교활한 속임수에 신물이 난다. 매일매일 실수를 거듭해 큰 창피라도 당한다면 조금은 중후해질지 모른다. 하지만 그런 실수조차 어떻게든 핑계를 대서 그럴싸한 이론을 만들어냄으로써 측은한 연극을 당당하게 하겠지. (이런 말을 어느 책에선가 읽은 기억이 난다.)

정말이지 나는 무엇이 진짜 나인지 알 수가 없다. 읽을 책이 없어서 흉내 낼 교본도 없어지면 어떻게 할까. 어쩔 줄 몰라 하겠지, 아마. 지나치게 위축되어 무턱대고 코만 풀고 있을지도 모른다. 전차 안에서 매일 이렇게 종잡을 수 없는 생각을 한다는 건 바람직하지 못하다. 몸에 불쾌한 온기가 남아 있는 것도 정말이지 싫다. '뭔가 해야 해. 어떻게든 해야 해'라고 생각하지만 정작 하려고 들면 무얼, 어떻게 해야 할지 모르겠다. 이제까지 내가 했던 자기비판 같은 것은 별 의미가 없다는 생각이 든다. 자기비판을 해서 안 좋은 습관이나 약점을 깨달으면 기분만 나빠져서, 결국 뿔을 바로잡으려다 소를 죽이는 우를 범하는 짓은 좋지 않다고 결론을 내리면서, 자기비판이고 뭐고 다 소용없는 일이 되고 마는 것이다. 아무것도 생각하지 않는 것이 차라리 양심적이다.

잡지에는 '젊은 여성의 결점'이라는 주제로 여러 사람이 쓴 글이 실려 있었다. 읽는 내내 내 이야기를 하는 것 같아 몹시 부끄러웠다. 게다가 집필자들의 경우 평소 바보 같다고 생각했던 사람은 어김없이 바보 같은 느낌이 드는 글을 썼고, 사진으로 봤을 때 멋스럽게 느껴졌던 이는 멋스러운 어휘를 사용해 글을 썼다. 그런 사실을 확인하고 너무 우스워서 중간중간 킥킥거리며 잡지를 읽어 내려갔다. 종교인은 늘 그렇듯 신앙을

강조하고, 교육자는 처음부터 끝까지 은혜를 되풀이해 말하고 있다. 정치가는 한시를 들고 나와 거들먹거리며 잘난 체했다. 작가는 제법 그럴싸한 문장을 구사하며 우쭐해했다.

모두들 그럴듯하고 틀림없는 말만 하고 있지만 하나같이 개성도 없고 깊이도 없다. 올바른 희망이나 올바른 야망으로부터 멀어져 있다. 즉 이상이 없다는 의미다. 비판을 하고 있지만 자기 생활과 결부시켜 풀어나가는 적극성이 없다. 반성도 없고 진정한 자각, 자기애, 자중도 없다. 비록 용기 있는 행동을 했다 하더라도 모든 결과에 대해 책임을 질 수 있을지가 의문이다. 자기 주변의 생활양식에는 순응적이라 능숙하게 삶을 영위하고 있지만 자기 자신이나 주변의 삶을 바라보는 올바른 열정과 애정이 결핍되어 있다. 진솔한 애정도 없고 독창성도 부족했다. 모방만 있을 뿐이다. 인간 본래의 '사랑'이라는 감정이 결여되어 있다. 고상한 척하지만 기품이 없다. 그 외에도 이 잡지에는 많은 내용이 담겨 있었다. 읽고 있는 동안 정신이 번쩍 드는 글도 있다는 걸 결코 부정할 수는 없다.

하지만 잡지에 실린 글이 전체적으로 뭐랄까, 지나치게 낙관적이어서 필자들이 청탁받은 표제의 제목에 맞추려고 평소의 생각과 동떨어진 느낌을 그냥 썼을 뿐이라는 느낌이 들었다. '진정한 의미의'라든가 '본래의' 같은 형용사가 많지만, '본래의' 사랑과 '본래의' 자각이 과연 어떤 건지 분명하게 마음에

와 닿지는 않는다. 필자들은 알고 있을지도 모르지만. 좀 더 구체적으로 오른쪽으로 가라든지 왼쪽으로 가라고 위엄 있게 손가락으로 가리켜주었더라면 훨씬 더 고마울 것 같다. 사랑의 표현 방식을 잃어버린 우리에게, '이것도 안 되고 저것도 안 된다'는 식으로 말하기보다는 '이렇게 해라, 저렇게 하라'라고 딱 부러지게 말해준다면, 모두 그대로 따를 것이다. 그런데 누구도 그렇게 말할 자신이 없는 걸까. 이 지면에 자신의 소신을 피력한 사람들이 언제나, 어느 경우에나 변함없이 소신을 지킬지는 의문이다. 올바른 희망, 올바른 야망이 없다고 다그치지만, 우리가 올바른 이상을 좇아 행동할 때 이들은 우리를 어디까지 지켜보고 이끌어줄까?

우리는 자신이 가야 할 최선의 장소, 진정 가고 싶은 아름다운 장소, 자신을 발전시킬 장소가 어디인지 어렴풋하게나마 알고 있다. 보다 나은 삶을 꾸리고 싶다는 생각도 한다. 그런 생각이야말로 올바른 희망이자 야망이 아니겠는가. 예컨대 한 치의 의구심도 없는 확고부동한 신념을 지니고 싶어 초조해한다. 그런데 여성이 이것들 전부를 생활이라는 테두리 안에서 구현하기 위해서는 얼마만큼의 노력이 필요할까. 엄마, 아빠, 언니, 오빠들의 생각도 있을 수 있다. (입으로는 낡았네, 어쩌네 하지만 절대로 인생의 선배, 노인, 기혼자 들을 경멸하지는 않는다. 그러기는커녕 언제나 그들의 말을 두어 수 위에 둔다) 또한 늘 긴

밀한 관계를 맺고 살아가는 친척도 있고, 지인도 있고, 친구도 있다. 그리고 늘 거대한 힘으로 우리를 떠밀어내는 '세상'이라는 것도 있다. 세상만사를 느끼고 보고 생각하다 보면 자신의 개성을 발전시키는 일 따위는 엄두도 못 낸다. 그저 어영부영 눈에 띄지 않게 예사 사람들처럼 묵묵히 같은 길을 가는 것이 현명한 처사라는 생각마저 든다. 전반적으로 소수를 위한 교육을 시행한다는 것은 아무래도 무리다. 성장하면서 학교의 도덕 교육과 세상의 규칙이 너무나 다르다는 사실을 알게 됐다. 학교에서 가르치는 도덕을 완벽하게 준수하는 학생은 바보 취급을 당한다. 아니, 이상한 사람이라는 말까지 듣게 된다. 출세도 못하고 늘 가난하게 산다. 거짓말을 안 하는 사람이 있을까? 있다면 그 사람은 영원한 패배자일 것이다. 내 친척 중에 행실이 올바르고 굳건한 신념의 소유자로, 이상을 추구하며 참되게 살아가는 분이 계시지만, 친척들은 한마디로 바보 취급한다. 나는 그분처럼 바보 취급을 당하게 될 것을 뻔히 알면서, 엄마나 다른 친척들의 반대를 무릅쓰고 내 주장을 펼치지는 않을 것이다. 두렵기 때문이다. 어린 시절, 내 생각과 다른 사람의 생각이 너무나 다르다는 걸 깨달았을 때 엄마한테 묻곤 했다.

"왜죠?"

그럴 때마다 엄마는 대충 한마디로 잘라 대답하면서 화를 내곤 했다.

"그건 나빠. 못된 짓이야."

그러고는 슬픈 표정을 지으셨다. 나는 아빠한테 말한 적도 있다. 아빠는 그냥 가만히 웃었다. 그리고 나중에 엄마한테,

"애가 어째 삐딱해."

라고 하시며 한숨을 지으셨다는 것이다.

점점 커가면서 나는 겁쟁이가 되고 말았다. 옷 한 벌 짓는 일에도 남의 이목을 신경 쓰게 되었다. 타고난 개성을 사랑하면서도 이를 분명하게 내 것으로 체현하는 일을 망설이게 된 것이다. 사람들이 착하게 보아주는 아이가 되려고 기를 썼다. 많은 사람들이 모여 있을 때는 얼마나 비굴해지던지……. 입 밖으로 내고 싶지 않은 말도, 생각과 완전히 동떨어진 거짓말도 꾸며내 시끄럽게 재잘거렸다. 그러는 편이 낫다고, 득이라고 여겼기 때문이다. 정말이지 이런 짓은 역겹고 잘못된 행동이라는 것을 잘 안다. 하루빨리 도덕적 기준이 확 바뀌는 날이 왔으면 좋겠다. 그러면 이런 비굴한 짓도 하지 않을 것이고, 또 자신을 위해서가 아니라 남에게 좋은 평판을 얻기 위해 하루하루를 힘들게 사는 일도 없을 것 같다.

'아, 저기 빈자리가 났다!' 선반에서 소지품과 우산을 서둘러 내려 재빨리 끼여 앉았다. 오른쪽에는 중학생, 왼쪽에는 아이를 포대기에 싸서 업은 아주머니가 앉아 있었다. 아주머니는 제법 나이가 들어보였는데도 짙은 화장에 최신 유행하는 올림

머리를 하고 있었다. 얼굴은 예쁘지만 목 주변에 검은 주름이 잡혀 있어서 왠지 비호감이다.

인간은 서 있을 때와 앉아 있을 때의 생각이 완전히 달라지나 보다. 앉아 있을 때는 왠지 맥이 없고 무기력한 생각만 하게 된다. 내 맞은편 자리에는 네댓 명의 같은 연령대 샐러리맨들이 멍하니 앉아 있었다. 서른 남짓 된 것 같은데 하나같이 인상이 별로였다. 눈빛도 흐리멍덩하니 탁했다. 패기도 없어 보였다. 하지만 내가 만약 이들 중 누군가를 향해 싱긋 웃어주면 단지 그 한 번의 웃음만으로 나는 질질 끌려가 그와 결혼해야 하는 파국을 맞게 될지도 모른다. 여자는 자신의 운명을 결정하는 데 미소 한 번이면 충분하다. 두렵다. 기가 찰 노릇이다. 조심해야지.

오늘 아침에는 유난히 엉뚱한 생각을 많이 하게 된다. 이삼일 전부터 우리 집 정원을 손질하러 오는 정원사의 얼굴이 계속 눈에 아른거려 미칠 것 같다. 그저 평범한 정원사일 뿐이지만 얼굴에서 풍기는 느낌이 뭔가 남다르다. 과장되게 말하면 사색가의 얼굴이다. 얼굴 빛이 검어 야무져 보이는 데다 눈이 근사하다. 미간이 좁고 납작코이긴 하지만 검은 피부와 잘 어울려 의지가 강해 보인다. 입술도 꽤 잘생겼다. 귀는 조금 지저분하다. 손만 두고 본다면 영락없는 정원사의 손이지만, 검은 중절모를 깊게 눌러쓴 그늘진 얼굴은 한낱 정원사로 살아가기에는 아깝다는 생각이 든다. 엄마한테 서너 차례나 물었다.

"저분은 처음부터 정원사였을까?"

집요한 내 질문에 결국 엄마는 분노를 터뜨리고 말았다. 오늘 소지품을 싼 이 보자기는 그 정원사 아저씨가 처음 우리 집에 오던 날 엄마한테서 받은 것이다. 그날은 우리 집 대청소 날이라 부엌 수리공과 장판 가게 아저씨도 와 있었다. 엄마는 장롱을 정리하다가 이 보자기를 발견하고 나에게 주었다. 여성스러움이 한껏 묻어나는 예쁜 보자기다. 너무 예뻐서 묶는 것도 아깝다. 가만히 앉아 보자기를 무릎 위에 올려놓고 몇 번이고 조용히 바라본다. 어루만져본다. 전차 안에 있는 모든 사람들에게 보여주고 싶은데 아무도 보지 않는다. 잠시라도 이 예쁜 보자기를 바라봐준다면 나는 그 사람의 집으로 시집가도 좋다는 생각까지 들 정도다. '본능'이라는 말과 마주하면 울고 싶어진다. 거대한 본능, 우리의 의지로는 어찌할 수 없는 힘, 그것을 나에게 일어난 갖가지 일들을 통해 확인하게 될 때면 미칠 것 같은 기분에 휩싸인다. 어떻게 해야 좋을지 몰라 멍해진다. 긍정도 부정도 할 수 없는, 그저 커다란 무엇인가가 내 머리 위로 덧씌워진 것 같은 느낌이 든다. 그것은 나를 마음대로 질질 끌고 돌아다닌다. 끌려가면서도 만족스러운 기분과 그것을 슬프게 바라보는 별개의 또 다른 감정! 왜 우리는 스스로에게 만족하고, 자기 자신만을 평생 사랑하며 살아갈 수 없는 걸까? 본능이 지금까지 내 감정과 이성을 잠식해왔다는 걸 깨닫고 보니 참으로 기막히다. 잠시라도 스스로를 잊고 있다 정신을 차리고 보면 실망만이 남을 뿐이다. 그런 나에게도, 이런 나에게도 본능이 존재한다는 사실을 알게 된다는 것은 눈물이 날 정도로 슬픈 일이다.

"엄마, 아빠!"

하고 목 놓아 부르고 싶다. 하지만 진실이라는 건 의외로 내가 혐오감을 느끼고 있는 것에 있는지도 모른다고 생각하자 더욱 어처구니가 없고 서글퍼진다.

벌써 오차노미즈다. 역 플랫폼에 내려서려는데, 이제껏 머릿속을 채웠던 것들이 언제 그랬느냐는 듯 순식간에 사라진다. 조바심을 치며 지금까지의 일을 기억해내려고 애썼지만 좀처럼 떠오르지 않는다. 그다음 일을 생각해보려고 안달했지만 역시 아무것도 생각나는 게 없다. 머리가 텅 비어 있다. 때로는 심금을 울리는 일도 있었고, 괴롭고 부끄러운 일도 있었던 것 같은데 지나고 나면 아무것도 없었던 것이 된다. '지금'이라는 순간은 재미있다. '지금, 지금, 지금'이라며 손가락으로 누르고 있는 동안에도 조금 전의 지금은 멀리 달아나 버리고, 새로운 '지금'이 와 있다. 육교 계단을 터벅터벅 오르면서 도대체 이게 뭔가 싶다. 바보 같다. 나는 어째 행복 과잉인 것 같기도 하다.

오늘 아침의 고스기 선생님은 참 예쁘게 보인다. 내 보자기처럼 예쁘다. 파란색이 예쁘게 잘 어울리는 선생님. 가슴에 단 진홍색 카네이션이 눈에 띈다. 작위적이지만 않다면 선생님을 좀 더 좋아할 텐데, 지나치게 잘난 척해 억지스럽다. 저런 식으로 행동하면 피곤할 텐데 말이다. 성격도 어쩐지 난해한 구석이 있다. 비밀스러운 부분도 많다. 어두운 성격을 타고났는데도 무리해서 밝게 보이려고 애쓴다. 하지만 누가 뭐래도 끌리는 여자다. 학교 선생 노릇을 하기에는 아깝다는 생각이 든다. 반에서 예전만큼 인기가 없지만 나만은 전과 다름없이 선생님에게 매료되어 있다. 산속 호숫가의 고성에 사는 귀한 따님 같은 느낌이 묻어나는 선생님. 이런, 너무 칭찬하고 말았네. 고스기 선생님의 이야기는 왜 늘 이렇게 딱딱할까? 머리가 나쁜 게 아닐까? 왠지 서글퍼진다.

아까부터 애국심에 대해 장황하게 늘어놓고 있는데, 그런 건 이미 다 아는 이야기가 아닌가? 누구에게나 자신이 태어난 곳을 사랑하는 마음이 있다. 정말 흥미 없는 이야기다. 책상 위에 턱을 괴고 멍하니 창밖을 바라본다. 바람이 세차게 불어서인지 구름이 유난히 예쁘다. 정원 한쪽에 장미가 네 송이 피어 있다. 노란색 하나, 흰색 둘, 분홍색 하나. 멍하니 꽃을 바라보며 인간에게도 분명 좋은 점이 있다고 새삼스레 생각해본다. 꽃의 아름다움을 발견한 건 인간이고, 꽃을 사랑하는 것도 인간이 아닌가……

점심시간에 귀신 이야기가 나왔다. 야스베니 언니의 우리 제일고등학교 7대 불가사의 중 하나인 '열리지 않는 문' 이야기를 듣고는 모두들 깔깔대며 즐거워했다. 듣는 이를 소스라칠 정도로 놀라게 하는 이야기가 아니라 심리적으로 잘 풀어나간 이야기라서 재미있다. 너무 소란을 피운 탓인지 방금 식사를 했는데도 배가 고프다. 때마침 단팥빵 아주머니가 나눠준 캐러멜은 정말 맛있다. 그러고 나서 공포 이야기에 또다시 한바탕 빠져들었다. 누구나 귀신 이야기에는 흥미가 샘솟는 모양이다. 자극을 주어서일까. 그리고 이건 괴담은 아니지만 '구하라 후사노스케'* 이야기는 정말이지 웃긴다.

오후의 미술시간에는 모두 교정으로 나가 사생화 실기를 했다. 이토 선생님은 왜 항상 까닭 없이 나를 난처하게 만들까……. 선생님은 오늘도 내게 자신의 그림 모델이 되어달라고 청했다. 아침에 내가 가져온 낡은 우산을 놓고 반 아이들이 난리법석을 피우는 걸 이토 선생님이 알게 되면서, 나더러 우산을 가지고 교정 한구석에 핀 장미꽃 옆에 서 있어달라고 청했다. 선생님은 내 모습을 그려서 이번 전시회에 출품할 예정이라고 했다. 나는 30분만 모델이 되어주기로 했다. 남에게 조금이라도 도움을 준다는 건 기쁜 일이다. 하지만 이토 선생님과

---

* 구하라 후사노스케(1869~1965). 광산 재벌이자 정치가.

둘이 마주보고 있는 건 너무나 피곤한 일이다. 말투가 끈적거리는 데다가 핑계가 많고, 나를 지나치게 의식해서인지 스케치를 하면서도 전부 내 이야기뿐이다. 대답하는 것도 귀찮고 성가셨다. 속을 알 수 없는 사람이다. 이상하게 히죽거리지를 않나, 선생님이면서도 내 앞에서 부끄러워하질 않나, 아무튼 그 느끼함에는 구역질이 날 지경이다.

"너를 보면 죽은 여동생이 생각나."

라고 말하는데, 정말 참을 수 없다. 사람은 괜찮은데 제스처가 너무 많다.

제스처라면 나도 그에게 지지 않을 만큼 풍부하다. 사실 내 경우는 뻔뻔하고 영리하고 약삭빠르다. 하지만 이토 선생님은 수준 이하여서 생뚱맞게 느껴진다.

"나는 너무 폼을 잡는 바람에 그 폼에 끌려다니다가 결국 거짓말쟁이 도깨비가 되고 만단 말이야."

따위의 말을 하는데, 듣다 보면 할 말을 잃게 된다. 이게 바로 폼이 아닌가. 이렇게 얌전하게 선생님의 모델이 되어드리면서도 '자연스러워지고 싶고 솔직해지고 싶다'라고 간절히 기원한다.

독서 따위는 이제 집어치워야겠다. 그건 관념뿐인 삶이다. 아무 의미 없이 건방을 떨며 알은체하는 건 정말이지 역겹다. 아, 삶의 목표가 없다는 둥, 좀 더 생활과 인생에 적극적이어야 한다는 둥, 나 자신에게 모순이 많다는 둥, 얼핏 괴로운 생각에 빠져 지내는 체하지만 딴은 값싼 감상일 뿐이다. 그런 건 그저 스스로에게 연민의 정을 느끼고 위로하는 싸구려 감상일 뿐이다. 게다가 자신을 너무 과대평가하고 있는지도 모른다. 아아, 이렇듯 생각이 복잡한 나를 모델로 삼았으니 선생님 그림은 틀림없이 낙선이다. 훌륭한 그림이 나올 리가 없지. 그러면 안 되지만 이토 선생님이 바보처럼 보이는 건 어쩔 수가 없다. 선생님은 내 속옷에 장미 자수가 있는 것도 모른다.

잠자코 같은 자세로 서 있으려니 문득 돈이 좀 있었으면 좋겠다는 생각이 든다. 10엔만 있다면 좋을 텐데. 가장 먼저 『퀴리 부인』을 사서 읽고 싶다. 그리고 문득 엄마가 오래 사셨으면 좋겠다는 생각도 한다. 선생님의 모델 노릇은 정말이지 힘들다. 기진맥진 녹초가 되었다.

방과 후에는 절집 딸 긴코와 몰래 할리우드 미용실에서 머리를 했다. 완성된 머리를 보니 주문했던 모양이 나오지 않아 실망스러웠다. 아무리 살펴봐도 난 귀여운 인상이 아니다. 한심하다는 생각이 들었다. 맥이 빠진다. 남의 눈을 피해 이런 데서 머리나 하다니! 지저분한 한 마리의 암탉이 된 것 같아 몹시 후회가 된다. 우리가 이런 곳까지 오다니, 스스로를 경멸하는 행동이라는 생각이 든다. 긴코는 무척이나 신이 나 있다.

"이대로 선이나 보러 갈까?"

그녀는 입에서 나오는 대로 이따위 말을 지껄여댔는데, 실제로 긴코는 자신이 맞선이라도 보러 가는 줄 착각이라도 일으킨 듯, "이런 머리에는 어떤 색 꽃을 꽂으면 어울릴까?"라든가 "기모노를 입을 때 어떤 허리띠를 매는 게 좋을까?"라고 정색을 하고 묻는다.

정말 아무 생각도 없는 가여운, 아니 귀여운 아이다.

"어떤 사람이랑 선보는데?"

나도 웃으며 묻는다.

"떡집 주인은 떡집 주인이라야 하니까."

라고 점잔을 빼면서 대답한다.

내가 조금 놀라, "그건 무슨 말이야?" 하고 물었더니,

"절집 딸은 절로 시집을 가는 게 제일 좋아. 평생 먹고살 걱정은 안 해도 되니 말이야."

라고 대답해서 또다시 나를 놀라게 했다. 긴코는 아주 무채색의 성격이라고 생각했는데, 그러고 보니 정말이지 여성스럽다. 학교에서 나의 옆자리에 앉는 단짝일 뿐, 내가 특별히 친근하게 대한 적도 없는데, 모든 아이들에게 나를 자기와 가장 친한 단짝친구라고 말한다. 참으로 귀여운 아이다. 이틀에 한 번씩 편지를 보내기도 하는 등 여러모로 신경을 써주어 고맙긴 하지만 오늘은 지나치게 들떠 있어서 짜증스럽다.

긴코와 헤어져 버스를 탔다. 조금 숨통이 트이긴 했지만 왠

지 모르게 우울했다. 버스 안에서 불쾌한 여자를 만났다. 깃에 때가 묻은 더러운 기모노를 입고 덥수룩한 빨간 머리를 틀어 올리고 있었는데, 손발도 더러웠다. 게다가 얼굴은 남자인지 여자인지 분간이 안 갈 정도로 부어 있고, 속이 메슥거릴 정도로 배가 불룩하다. 이따금 혼자 히죽거리며 웃는 꼴이 털 빠진 암탉 같았다. 몰래 머리하러 할리우드 같은 곳을 찾는 나와 다를 바 없었다.

오늘 아침, 전차의 옆자리에 앉아 있던 짙은 화장을 한 아주머니가 생각난다. 아아, 더러워. 여자가 싫다. 내가 여자인 만큼 여자 안에 있는 불결함을 잘 알기 때문에 이가 갈릴 정도로 싫다. 금붕어를 만지고 나면 참을 수 없는 비린내가 온몸에 가득 배어 아무리 씻어도 가시지 않는 것처럼, 그렇게 나도 종일 암컷의 체취를 발산하며 지내는 건 아닐까. 그런 생각을 하다 보니 뭔가 짚이는 게 있어서 차라리 이대로, 소녀인 채로 죽고 싶다. 문득 병에 걸려버렸으면 좋겠다는 생각이 든다. 아주 심각한 병에 걸려 땀을 폭포수처럼 흘린 끝에 깡마르게 되면 완벽하게 깨끗해질지 모른다. 살아 있는 한 더러움에서 벗어나는 건 불가능할까? 진정한 종교의 의미를 알게 된 것 같은 기분이다.

버스에서 내리자 조금 마음이 놓였다. 아무래도 대중교통은 불편하다. 차 안의 분위기도 견딜 수가 없다. 역시 땅이 좋다.

흙을 밟고 걸으면 나 자신이 좋아진다. 어째 나는 좀 덜렁댄다. 너무 속 편하게 사는 걸까? '돌아가 돌아가 뭘 보며 돌아가나, 밭에 난 양파를 보고 또 보며 돌아가지.' 이렇게 작은 소리로 노래를 부르고는, 나는 어쩜 이렇게 소갈머리가 없는 아이인가 싶은 생각에 답답해졌다. 키만 껑충 큰 내가 싫어진다. 멋진 여자가 되어야겠다고 생각했다.

집으로 돌아가는 이 시골길을 매일같이 보아 눈에 익어서 그런지 얼마나 조용한 시골인지 체감하지 못한다. 그저 나무, 길, 밭이 전부니까.

오늘은 처음으로 이곳을 찾은 외지인인 것처럼 해볼까. 나는 음, 도쿄 간다 근처에 있는 게다 가겟집 딸로, 난생처음 교외에 있는 이 땅을 밟은 거야. 그런 내 눈에 이 시골은 과연 어떻게 보일까. 아주 멋진 곳일까, 아니면 서글픈 곳일까? 나는 정색을 하고 과장된 몸짓으로 두리번거린다. 좁은 가로수 길을 내려갈 때는 고개를 들어 신록에 물든 나뭇가지들을 보며 와! 하고 나지막한 감탄사를 내질렀고, 나무다리를 건널 때에는 잠시 시냇물을 내려다보며 물에 비친 내 얼굴을 보고, "멍멍!" 하고 짖어 보다가, 눈을 가늘게 뜨고 저 멀리까지 펼쳐진 밭두렁을 황홀한 얼굴로 바라보며, "아아, 정말 좋구나!" 하고 혼잣말로 탄성을 지르기도 했다. 신사가 있는 숲 속은 어둠침침하기 때문에, "아이, 무서워!" 하고 어깨를 움츠리며 허둥지둥 빠져나왔다.

그러고는 숲이 끝나는 곳에서 시작된 눈부시게 밝은 빛에 일부러 놀란 척하며, "정말이지 새롭다, 새로워!" 하며 열심히 시골길을 걷는데, 왠지 견딜 수 없이 서글퍼졌다.

결국 길가의 잔디밭에 털썩 주저앉아버렸다. 풀 위에 앉자마자 방금 전까지 들떠 있던 마음이 툭 하는 소리를 내며 사라져버리고 순식간에 진지해진다. 그리고 요즘의 나 자신에 대해 조용히, 그리고 천천히 생각해본다. 요즘 나는 왜 이 모양일까, 어째서 이렇게 불안한 걸까, 언제나 무언가를 겁내고 있다. 요전에는 누군가로부터 이런 말을 들었다.

"넌 점점 속물이 되어가는구나."

'그럴지도 모른다. 나는 확실히 잘못되어 가고 있다. 틀려먹었어. 그러면 안 되지, 안 돼. 너무 약해빠졌어. 아악!' 하고 크게 소리라도 지르고 싶어진다.

'쳇, 그렇게 소리를 질러 약한 모습을 감추려 한다고 감춰지나. 어림없어. 나는 사랑에 빠졌는지도 몰라.'

그런 생각을 하며 푸른 잔디밭에 벌러덩 누워버렸다.

"아빠!"

하고 불러본다. 아빠, 아빠, 석양이 지는 하늘은 아름다워요. 저녁 안개는 핑크빛이에요. 석양빛이 안개 속에 스며들어 이렇게 부드러운 핑크색이 된 거에요. 이 핑크색 안개는 살랑살랑 흘러서 숲 속으로 파고들기도 하고, 길 위에서 노닐기도 하고,

초원을 어루만지기도 하고, 내 몸을 포근히 감싸주기도 하죠. 핑크빛은 내 머리카락 한 올 한 올까지 아련하게 비춰주고 부드럽게 매만져줍니다. 그 무엇과도 비교할 수 없는 이 고즈넉한 하늘이 너무나 아름다워요. 하늘을 향해 고개를 숙이는 건 난생처음이에요. 나는 지금 이 순간 하느님을 믿습니다. 이건, 이런 하늘색을 무슨 색이라고 해야 할까. 장밋빛, 불빛, 무지갯빛, 천사의 날개, 대사원, 아니 그런 게 아니야. 훨씬 더 거룩하고 성스러워.

'모두를 사랑하고 싶다'는 생각을 하자 눈물이 왈칵 쏟아질 것 같습니다. 가만히 하늘을 보고 있자니 하늘빛이 차츰 변해서 푸른빛을 띠기 시작합니다. 왠지 한숨이 나오면서 실오라기 하나 걸치지 않은 알몸이 되고 싶더군요. 지금만큼 나뭇잎과 풀이 투명하고 아름다워 보인 적이 없었거든요. 싱그러운 풀잎을 가만히 만져봅니다.

아름답게 살고 싶어요.

집으로 돌아왔더니 손님이 와 있었다. 엄마도 이미 돌아와 있었다. 여느 때처럼 떠들썩한 웃음소리가 들렸다. 엄마는 나와 단둘이 있을 때에는 얼굴에 웃음을 머금고 있지만 소리 내어 웃지는 않는다. 하지만 손님과 이야기할 때에는 얼굴은 무표정하지만 소리 내어 크게 웃는다. 우선 인사를 하고 집 뒤꼍의 우물가에서 손을 씻은 뒤 양말을 벗고 발을 씻고 있는데, 생선 장수 아저씨가 나타나 "많이 기다리셨죠? 매번 이용해주셔서 감사합니다." 라는 인사와 함께 큼지막한 생선 한 마리를 꺼내 우물가에 놓고 간다. 무슨 생선인지는 모르지만 비늘이 자잘한 걸 보니 홋카이도 산일 듯싶다. 생선을 접시에 옮겨 담고 다시 손을 씻으려니까 홋카이도의 여름 냄새가 난다.

재작년 여름 방학 때 홋카이도에 사는 언니네 집에 놀러 갔던 일이 떠오른다. 도마코마이에 사는 언니네 집은 해안에서 가까운 탓인지 늘 생선 비린내가 났다. 휑하니 넓은 부엌에서 언니가 저녁 내내 혼자서 하얗게 빛나는 여성스러운 손으로 능숙하게 생선을 다듬던 모습이 눈에 선하게 떠오른다. 나는 그 순간 왠지 언니에게 응석을 부리고 싶어 견딜 수가 없었다. 하지만 그때는 이미 조카 도시가 태어난 뒤여서 언니는 내 차지가 될 수 없었다. 그 생각을 하자 차가운 외풍에 몸이 움츠러든다. 도저히 언니의 가냘픈 어깨에 안길 수 없다는 생각에 죽을 만큼 외로운 심정으로 꼼짝 않고 그 어둑한 부엌 구석에 서서 정신이 아득해질 정도로 부드럽게 움직이는 언니의 하얀 손을 바라보던 일이 생각난다. 지나간 일은 모든 게 그립다. 가족이란 이상한 존재다. 타인은 멀어지면 차츰 기억도 희미해져 잊히는데 가족은 더욱더 그립고, 아름다운 것만 생각나니 말이다.

우물가의 산수유 열매가 붉은빛을 머금고 있다. 이제 2주 정도 지나면 먹을 수 있을 것 같다. 지난해에는 재미있는 일이 있었다. 어느 날 저녁, 혼자 산수유를 따 먹고 있는데, 자피가 물끄러미 쳐다보기에 불쌍하다는 생각이 들어 산수유 한 알을 던져주었다. 그러자 녀석이 얼른 그걸 받아먹었다. 다시 두 알을 더 던져주었더니 또다시 받아먹었다. 너무 재미있어서 나무를 흔들어 산수유를 툭툭 떨어뜨리자 녀석이 정신없이 열매를 먹기 시작했다. 바보 녀석 같으니라고! 산수유를 먹는 개는 처음 보았다. 나는 발돋움을 해서 산수유를 따 먹었고, 자피는 떨어진 산수유 열매를 주워 먹었다. 참으로 정겨운 추억거리다. 그 일을 떠올리자 문득 자피가 보고 싶다.

"자피!"

그랬더니 자피 녀석이 현관 쪽에서 달려온다. 갑자기 깨물어주고 싶을 만큼 녀석이 귀여워서 꼬리를 꼭 쥐어주었더니 내 손을 부드럽게 물었다. 눈물이 찔끔 나올 정도로 감격에 겨워 자피의 머리를 툭 쳤다. 자피는 대수롭지 않은 듯 서성이다가 우물가에서 물을 요란스레 마셔댄다.

방 안으로 들어갔더니 전등이 환히 켜져 있었다. 아빠가 떠난 집안은 너무나 고요하다. 아빠가 안 계시니 집 안 어딘가에 빈자리가 떡하니 남아 있는 것 같아서 서글픈 마음에 몸부림을 치고 싶다. 옷을 갈아입은 뒤 벗어놓은 속옷의 장미 자수에 살며시 키스하고 나서 경대 앞에 앉으려는데, 갑자기 응접실 쪽에서 엄마의 요란스러운 웃음소리가 들려왔다. 나는 화가 치밀었다. 엄마는 나와 단둘이 있을 때에는 조용한데 손님만 오면 갑작스레 거리감을 두고 싸늘해져서 서먹하기까지 하다. 그럴 때면 아빠가 너무 그립고 슬프다.

거울을 들여다보니 이상할 정도로 얼굴에 활기가 넘친다. 다른 사람 같다. 내 내면의 슬픔과 고통과는 전혀 동떨어진 그 얼굴은 자유롭고 생기가 넘친다. 오늘은 볼터치도 하지 않았는데 볼이 유난히 발그레하고, 작고 붉은 입술이 사랑스럽게 반짝인다. 안경을 벗고 해죽 웃어보았다. 해맑고 푸르스름한 눈이 참으로 아름답다. 아름다운 석양을 오랫동안 바라봐서 이렇게 눈이 아름다운 걸까? 기분이 좋다.

약간 달뜬 마음으로 부엌에 가서 쌀을 씻는 동안 다시 슬픔이 밀려온다. 전에 살던 고가네의 옛집이 그립다. 가슴이 타들어갈 정도로. 그 집에 살 때는 아빠도 있었고, 언니도 있었다. 엄마는 지금보다 훨씬 젊었었다. 내가 학교에서 돌아올 때면 엄마와 언니는 부엌이나 거실에서 뭔가 재미난 이야기를 나누고 있었다. 간식을 먹은 뒤 두 사람에게 한바탕 어리광을 부리거나, 아니면 언니한테 시비를 걸어 혼이 나곤 했는데, 그럴 때는 자전거를 타고 아주 멀리까지 갔다가 저녁에 돌아와서 기분좋게 밥을 먹었다. 정말 즐거웠다. 나 스스로를 응시하거나 불결한 생각에 빠져 거북해하는 일도 없이 그저 어리광만 부리면 되었다. 그때 나는 얼마나 큰 특권을 누리고 있었던가! 아무런 걱정도 없었고, 쓸쓸함도 없었고, 괴로움도 없었다. 아빠는 훌륭하고 좋은 분이셨다. 언니는 다정한 성격이라 나는 항상 언니에게 붙어 다녔다.

하지만 자라면서 나 자신을 조금씩 미워하기 시작했고, 내가 가진 특권은 어느 사이엔가 사라지고, 수치심만 남은 벌거숭이가 되었다. 어느덧 그 누구에게도 어리광을 부릴 수 없게 되면서 늘 이런저런 생각에 찌들어 괴로워하는 일이 잦았다. 언니는 멀리 시집을 가버렸고 아빠는 이제 없다. 엄마와 나, 이렇게 단둘만 남았다. 엄마는 몹시 쓸쓸해하신다. 요전에 엄마는 이런 말씀을 하셨다.

"이제 사는 재미가 없어졌어. 너를 봐도 그리 즐겁지가 않단다. 미안해. 아빠가 안 계시니 행복 따윈 찾아오지 않는 편이 차라리 낫다는 생각이야."

한낱 모기가 나타나도 아빠를 떠올리고, 옷 솔기를 뜯으면서도 아빠를 떠올리고, 손톱을 깎을 때도 아빠를 떠올리고, 차가 맛있을 때도 아빠를 떠올리는 엄마. 내가 아무리 성심껏 엄마를 위로하고 좋은 이야기 상대가 되어준다 해도 아빠의 빈자리를 메울 수는 없을 것이다. 이 세상에서 부부애만큼 존귀한 것도 없는 것 같다.

괜히 잘난 체한 탓인지 얼굴이 빨개져서 젖은 손으로 머리를 쓸어 올렸다. 나는 엄마가 사랑스럽고 안쓰러워서 진심으로 잘해드려야겠다고 결심했다. 이런 웨이브를 넣은 머리 따윈 당장 풀어서 길게 늘어뜨려야지. 엄마는 전부터 내가 머리를 짧게 자르는 걸 싫어했으니 길게 길러서 단정하게 묶은 모습을 보여주면 기뻐하겠지. 하지만 그렇게까지 해서 엄마를 위로하는 것도 싫다. 싫다, 싫어. 곰곰이 생각해보면 요즘 내가 초조해하는 것은 엄마와 아주 관계가 깊다. 엄마 마음에 쏙 드는 착한 딸이 되고 싶지만, 그렇다고 무턱대고 엄마의 비위를 맞춰주고 싶지는 않다. 아무 말 않고 있어도 엄마가 내 기분을 이해하고 편안해하시면 좋을 것 같다. 내가 아무리 제멋대로 산다고 해도 세상의 웃음거리가 될 만한 짓을 하지는 않을 텐데. 아무리 힘들고 괴로워도 인생을 살아가는 데 지켜야 할 중요한 것은 틀림없이 지킬 생각이다. 엄마와 우리 집안을 진심으로 사랑하니까. 엄마도 나에게 믿음을 갖고, 긴장을 풀고 편안히 지냈으면 좋겠다. 나는 노력할 것이다. 몸이 부서지도록 노력할 것이다. 그것이 지금의 내게 가장 큰 기쁨이요, 살아갈 희망이라고 생각하니까. 엄마는 내가 전혀 신뢰가 가지 않는 모양인지 여전히 어린아이 취급을 한다. 내가 어린아이 같은 짓을 하면 엄마는 기뻐한다. 얼마 전에도 우쿨렐레를 꺼내 바보같이 줄을 퉁기며 노는 모습을 보여드렸다.

"어머, 비가 오나? 빗방울 소리가 들리네."

엄마는 이렇게 시침을 떼고 나를 놀려댔다.

내가 정말로 우쿨렐레에 빠져 있다고 생각하는 것 같았다. 그런 엄마를 보자 어쩐지 울고 싶어졌다.

엄마, 나도 이제 어른이에요. 세상 돌아가는 건 알 만큼 안다고요. 그러니 마음 푹 놓고 뭐든 의논해주세요. 우리 집안 형편도 다 털어놓으시고, 재정 상태가 이러니 너도 알아두라고 말씀하시면 저도 절대로 구두 같은 걸 사달라고 조르지 않을게요. 착실하고 알뜰한 딸이 될게요. 정말로 그건 약속해요.

문득 〈아, 그런데〉라는 노래가 있다는 사실을 떠올리고는 혼자서 킥킥 웃고 말았다. 정신을 차리고 보니 냄비에 두 손을 담그고 바보처럼 엉뚱한 생각에 잠겨 있었다는 걸 알았다.

어머, 내 정신 좀 봐! 손님 저녁상을 차려드려야 하는데. 생선을 토막 내 된장에 버무려놓자. 그렇게 먹으면 정말 맛있으니까. 요리는 감으로 해야 하는 거야. 오이 남은 게 있으니 그걸로 산바이즈를 만들어야지. 그리고 내 특기인 계란말이랑 로코코 요리도 해볼까. 그건 내가 생각해낸 요리로, 접시에 햄, 달걀, 파슬리, 양배추, 시금치, 그리고 부엌에 남아 있는 각종 재료들을 모아서 예쁘게 버무려 담아내는 요리다. 크게 힘들이지 않고 할 수 있는 데다 무엇보다 경제적이다. 특별하게 맛있는 음식은 아니지만 요리를 완성해놓으면 식탁을 풍성하고 화려한 느낌이 들게 하여 진수성찬 앞에 앉아 있는 듯한 착각을 하게 만든다. 달걀 요리 뒤쪽에는 푸른 파슬리를, 그 옆에는 햄으로 만든 붉은 산호초가 얼굴을 쑥 내밀고, 노란 양배추 잎은 깃털로 만든 부채처럼 접시에 깔아야. 파릇한 시금치는 목장이나 호수를 연상시킨다. 식탁에 이런 접시를 두어 개 올리면 손님들은 자신도 모르게 루이 왕조를 떠올릴 테지. 뭐, 설마 그 정도까진 아니겠지만 어차피 나는 맛있는 음식을 못 만드니 모양만이라도 그럴듯하게 꾸며 손님의 눈과 혀를 현혹시켜야겠다. 요리는 눈으로 먹는 것이니 적당히 장식만 잘하면 사람들은 넘어간다.

하지만 이 로코코 요리는 상당한 회화적 재능을 요한다. 섬세한 색채 배합 감각이 없으면 실패한다. 적어도 나 정도의 감각은 있어야 가능하다. 얼만 전에 '로코코'라는 낱말을 찾아보았더니 화려하지만 내용이 없는 장식적 양식이라고 정의되어 있어 웃음이 나왔다. 명답이다. 아름다움에 무슨 내용이 필요하단 말인가. 순수한 아름다움은 언제나 무의미하고 무도덕하다. 그래서 나는 로코코가 좋다.

늘 그렇지만 요리를 하며 이것저것 맛보는 동안 저도 모르게 허무에 빠진다. 신경을 너무 많이 써서 포화 상태에 이르러 죽을 만큼 피곤하고 우울하다. 그러다 어느 순간 '아무려면 어때' 하는 생각이 들면서 에잇! 하고 자포자기 상태가 되면 맛이고 모양이고 다 포기하고 대충 차려놓고 잔뜩 찌푸린 표정으로 손님을 맞게 된다.

오늘 찾아온 손님은 특히나 나를 우울하게 했다. 오모리에 사는 이마이다 씨 부부와 올해 일곱 살 난 요시오인데, 이마이다 씨는 나이가 마흔 남짓 되었는데도 여전히 얼굴이 뽀얗다. 그 얼굴이 영 거슬린다. 왜 시키시마* 같은 걸 피우는 걸까. 궐련이 아니면 어쩐지 불결한 느낌이 든다. 담배는 뭐니 뭐니 해도 궐련이 최고다. 시키시마 같은 걸 피우면 그 사람의 인격이 의심스러워진다. 연신 천장을 향해 연기를 내뿜으며, "네네, 그렇군요." 따위의 말을 늘어놓는 이마이다 씨는 야학교 교사 노릇을 하고 있다고 한다. 그의 아내는 몸집이 작고 불안정해 보였는데, 그래서 그런지 품위조차 없어 보인다.

부인은 별것 아닌 이야기에도 얼굴이 바닥에 닿을 듯 몸을 비틀어가며 자지러지게 웃어댄다. 별 대수롭지 않은 이야기에도 호들갑을 떨며 웃어대는 걸 보면, 유난스런 반응이 상대에 대한 예의라고 착각하는 듯하다. 요즘 같은 시대에는 이런 프티 부르주아라고 해야 하나 말단 관리라고 해야 하나, 이런 부류의 사람들이 제일 저질이다. 그들의 자녀들도 이상하게 되바라져서 순수하고 활기찬 구석이라고는 눈을 씻고 찾아봐도 없다. 마음속으로는 그런 생각을 하면서도 부정적인 마음을 억누

---

* 필터가 있는 고급 담배.

르고 웃음 띤 얼굴로 예의 바르게 인사를 하고, 사근사근 이야
기를 나누는 중에 요시오의 머리를 쓰다듬으며, "정말 귀여워!"
라고 마음에도 없는 말을 연발한다. 깜찍한 거짓말로 모든 이
를 그럴싸하게 속이는 나에 비하면 이마이다 씨 부부는 외려
순수하다고 해야 할지 모른다. 로코코 요리를 먹으면서 손님들
이 요리 솜씨를 칭찬하자 왠지 공허해졌지만, 애써 기쁜 표정
을 지으며 함께 밥을 먹었다. 그러나 이마이다 씨 부인의 끈질
기고 무식한 치렛말에 화가 울컥 치밀어, '좋아, 이제부터는 더
이상 거짓말을 하지 말아야지.' 하고 마음속으로 다짐하고는
사실대로 말했다.

"음식이 맛이 없지요? 아무것도 없어서 제가 궁여지책으로
만든 거예요."

그러자 이마이다 씨 부부는 궁여지책이라니, 겸손하기도 하
셔라, 하면서 호들갑스럽게 손뼉까지 치며 즐거워하는 것이었
다. 나는 분해서 젓가락이며 밥공기를 집어던지며 엉엉 목 놓
아 울고 싶었지만 꾹 참고 억지로 히죽 웃어 보였더니 엄마까
지 맞장구를 치는 것이었다.

"애도 이젠 제법 많이 컸어요."

엄마는 답답한 내 마음을 알면서도 이마이다 씨의 비위를
맞추려고 그런 엉뚱한 소리를 하며 어색하게 웃었다.

'엄마, 이마이다 씨 같은 사람의 기분을 맞추려고 그렇게까

지 애쓸 필요 없어요.' 손님을 접대할 때의 엄마는 엄마가 아니라 그저 연약한 아낙일 뿐이다. 아빠가 떠나자 이렇게까지 비굴해지다니……. 너무나 서러워서 말문이 막힌다.

'어서 돌아가 주세요. 돌아가 주세요. 우리 아빠는 너무나 훌륭한 인격의 소유자였어요. 아빠가 안 계신다고 우리를 이런 식으로 막 대할 거라면 당장 돌아가 주세요.'

이마이다 씨에게 이처럼 단호하게 말해주고 싶지만 현실의 나는 그렇게 의연하지 못해서 요시오에게 햄을 잘라주고 이마이다 씨 부인에게 장아찌를 건네주며 시중을 들 뿐이다.

식사를 마치고 나는 바로 부엌에 틀어박혀 설거지를 시작했다. 한시라도 빨리 혼자 있고 싶었기 때문이다. 절대로 고상한 척하는 것이 아니라 더는 저런 무리들과 어울려 이야기를 나누거나 억지웃음을 날리고 싶지 않아서였다. 저런 부류의 인간에게는 예의를, 아니 알랑방귀도 뀔 필요가 없다고 마음을 다잡았다. 더 이상은 싫다. 나도 할 만큼 했어. 엄마도 내가 참을성 있고 붙임성 있게 손님을 대하는 걸 보고 흐뭇하다는 듯이 지켜보고 있었다. 그것으로 된 것 아닌가.

세상 사람들과의 사교 활동은 사교 활동이고, 나는 나라고 분명히 선을 그어놓고 그때그때 상황에 맞게 처신하는 게 좋을지, 아니면 남에게 욕을 먹더라도 신념에 따라 냉정하게 처신하는 것이 좋을지 아직도 잘 모르겠다. 평생 자기 자신과 비슷한 처지의 여리고 다정하며 따뜻한 사람들 속에서만 살아가는 사람이 부럽다. 고생 같은 걸 하지 않고 평생 살 수 있다면 일부러 사서 고생할 필요는 없지 않을까. 그러는 편이 좋으니까.

자신의 감정을 억제하고 타인에게 봉사하는 삶을 사는 것은 분명히 보람 있는 일일 테지만 허구한 날 이마이다 씨 같은 사람들에게 억지웃음을 짓거나 맞장구를 쳐주어야 할 처지라면 정신이상자가 되고 말 것 같다.

나 같은 사람은 감옥살이도 제대로 못할 것 같다는 우스꽝스러운 생각마저 든다. 감옥살이는커녕 누군가의 시중을 드는 것도, 아내 노릇도 못할 것 같다. 아니, 아내 노릇의 경우는 다르다. 그 사람을 위해 평생을 바쳐도 좋다는 각오가 서 있다면 아무리 현실이 고통스럽더라도 몸이 새까맣게 되도록 일할 자신이 있다. 그렇게 해서 삶에 희망이 보이고 보람을 느낀다면 아내 노릇을 훌륭하게 해낼 수 있을 것 같다. 그야 당연하다. 아침부터 밤늦게까지 다람쥐 쳇바퀴 돌리듯 부지런히 일할 자신이 있다. 빨래도 곧잘 할 수 있다. 빨랫감이 잔뜩 쌓여 있는 것을 보고 있으면 정말이지 불쾌하다. 히스테리에 빠져 마음이 초조하고 혼란스럽다. 이래서는 죽어도 편히 눈을 감지 못할 것 같다. 더러운 빨래를 하나도 남김없이 빨아치워 빨랫줄에 걸어놓고 나서야 이제 죽어도 여한이 없다는 생각에 마음이 놓일 것 같다.

이마이다 씨가 무슨 볼일이 있다면서 엄마를 데리고 나갔다. "네, 네." 하면서 순순히 따라가는 엄마도 엄마지만, 문제는 이런 경우가 처음은 아니라는 거다. 매번 엄마를 이용하는 이마이다 씨 부부의 뻔뻔함을 목격하자 견딜 수가 없을 정도로 가증스럽다. 한 대 때려주고 싶은 충동마저 생긴다. 문 앞까지 나가서 배웅하고 혼자 멍하니 땅거미 지는 골목을 바라보고 있자니 하염없이 울고 싶어진다.

우편함에는 석간신문과 편지 두 통이 들어 있었다. 한 통은 엄마 앞으로 마츠자카야 백화점에서 보내온 여름용품 판매 안내장이고, 다른 한 통은 사촌 준지가 나에게 보낸 편지다. '이번에 마에바시 연대로 옮기게 되었는데, 고모님께도 안부를 전해주세요.'라고 쓴 간단한 쪽지였다. 장교라고 해서 여유로운 생활을 기대할 수는 없겠지만 매일매일 시간 낭비 없이 엄격하게 생활하는 그 규율이 부럽다. 규율에 따라 딱딱 생활을 하니 아무래도 마음은 편할 것 같다. 나는 아무것도 하기 싫으면 그냥 가만히 있을 수 있고, 아무리 나쁜 일이라고 해도 뭐든 할 수 있는 상태이고, 공부하고 싶은 마음이 들면 무한하다고 해도 좋을 만큼 넉넉한 시간이 있다. 또한 욕심을 부리면 불가능해 보이는 소망이라도 이룰 것 같은 기분이 드는 나와는 달리 여기서부터 여기까지라고 딱 노력의 한계가 주어지니 얼마나 마음이 편할까. 몸을 단단히 구속해주는 것은 고마운 일이다.

전선에서 복무하는 군인들의 욕망은 단 하나. 그것은 잠 한 번 실컷 자보고 싶은 것이라는 이야기를 어느 책에선가 읽은 적이 있는데, 군인들의 고통이 가엾게 여겨지기도 했지만, 다른 한 편으로는 부럽기도 했다.

이 번잡하고 불쾌한 번뇌, 끝도 시작도 없는 생각의 홍수와 깨끗이 결별해 그저 수면만을 갈망하는 상태야말로 얼마나 해 맑고 단순할까. 그런 생각을 하는 것만으로도 상쾌해진다. 나 같은 아이는 군대 생활이라도 해서 엄격하게 단련되면 똑 부러 지는 성격의 아름다운 아가씨가 될 수 있지 않을까? 굳이 군대 생활을 하지 않아도 신이처럼 진솔한 아이도 있는데, 나는 정 말이지 고약하다. 아니, 나쁜 계집애다. 나와 동갑인 준지의 동 생 신이는 어째서 그리도 착할까. 나는 친척 중에서, 아니, 세상 에서 신이가 제일 좋다. 그러나 안타깝게도 신이는 앞을 보지 못한다. 한창 젊은 나이에 실명하다니, 어떻게 이런 일이 있을 수 있단 말인가! 이런 고요한 밤에 홀로 방에 있는 기분은 어떨 까? 우리는 외로울 때면 책을 읽거나 바깥 경치를 바라보며 마 음을 달래지만 신이는 그것이 불가능하다. 그저 가만히 있어야 한다. 지금까지 남보다 두 배는 더 열심히 공부하고 테니스와 수영도 곧잘 했는데 지금은 얼마나 외로울까…….

간밤에 신이를 생각하며 마루에서 5분쯤 눈을 감고 있었다. 고작 5분 남짓이었지만 내게는 그 시간이 너무 길고 답답하게 느껴졌다. 그런데 신이는 밤낮으로, 아니 며칠, 몇 달을 아무것도 볼 수가 없다. 차라리 불평을 터뜨리거나 짜증을 내거나 버릇없이 군다면 보는 사람 마음이라도 편할 텐데 신이는 아무말도 하지 않는다. 신이가 불평하거나 다른 사람을 욕하는 걸들어본 적이 없다. 그는 늘 밝은 목소리에 순박한 표정이다. 그게 내 마음을 더욱 아프게 한다.

이런저런 생각을 하면서 방을 청소한 뒤 목욕물을 데우기시작했다. 물이 데워지기를 기다리면서 귤 상자 위에 앉아 석탄 불빛에 의지해 학교 숙제를 모두 끝냈다. 그러는 동안에도목욕물이 데워지지 않아 『묵동기담』*을 읽기 시작했다. 내용은딱히 못마땅한 것은 없지만 작가의 거들먹거리는 듯한 태도가신경이 쓰였고, 어쩐지 시대에 뒤떨어져 있다는 느낌이 들었다. 작가가 너무 나이가 많아서일까?

외국 작가들은 아무리 나이가 들어도 대담하고, 세상을 사랑하는 달콤함을 잃지 않는데, 일본 작가들의 작품은 제법 잘 팔린다는 작품조차 왜 이럴까? 하지만 거짓이나 꾸밈이 없고 고요한 체념이 느껴져서 상쾌한 맛은 있다. 그의 작품 중에 특히원숙한 풍미가 느껴지는 것은 이 소설이다. 작가는 꽤나 책임

---

* 나가이 가후(1879~1945)의 소설로 화류계 여성과 문사의 교제를 그린 작품이다.

감이 강한 것 같다. 그의 작품은 일본의 도덕관에 너무 얽매여 있어 오히려 그것이 독자에게 반발심을 불러일으켜 묘하게 자극적인 작품이 많은 것 같다. 속정 깊은 사람들이 일부러 악인인 척 위장하듯이 나쁜 귀신 가면을 쓰는 바람에 소설의 질을 떨어뜨리고 있다. 『묵동기담』에는 쓸쓸함이 깔려 있긴 하지만 그 무엇에도 꿈쩍 않는 묵직한 힘이 있어 좋다. 그래서 나는 이 작품을 좋아한다.

목욕물이 데워졌으므로 욕실의 전등을 켜고 기모노를 벗었다. 창을 활짝 열고는 가만히 욕조에 몸을 담갔다. 창문으로 푸른 산호수 잎이 전등 빛을 받아서 강렬하게 빛나고 하늘에서는 별이 빛났다. 몸을 뒤로 쭉 젖히고 멍하니 있노라니 굳이 보려고 하지 않았던 내 뽀얀 살결에 눈이 멎었다. 가만히 보고 있으려니 어린 시절의 그 하얗던 살결과는 뭔가 다르다는 느낌이든다. 내 기분과는 아무런 상관도 없이 육체가 제멋대로 자라는 것이 참기 힘들 정도로 곤혹스럽다. 부쩍부쩍 커가는 나 자신을 제어할 수 없다는 사실이 서글프기까지 하다. 그저 시간에 몸을 맡긴 채 내가 어른이 되어가는 것을 가만히 지켜보는 수밖에 방법이 없는 걸까? 언제까지나 인형 같은 몸이고 싶다. 목욕물을 텀벙텀벙 휘저으며 아이 같은 행동을 해보지만 여전히 마음이 무겁다. 굳이 살아갈 이유가 없다는 기분이 들면서 온몸에 기운이 빠진다. 그 순간 마당 너머 들판에서 "누나!" 하고 반갑게 부르는 이웃집 꼬마의 목소리가 들려왔다. 가슴이 덜컹했다. 나를 부른 것은 아니었지만 방금 아이가 애타게 찾는 그 '누나'가 부러웠다. 내게도 저렇게 나를 따르고 어리광을 부리는 남동생이 하나 있다면 이렇게 하루하루를 갈팡질팡하며 혼란스럽게 보내지는 않을 것 같은 생각이 들었다. 동생이 있다면 삶에 대한 의욕이 생길 것이고, 한평생 그런 남동생을 보살펴야 한다는 책임감도 생길 것 같다. 또한 어떤 어려운 일도 혼자 힘으로 버티고 참아낼 수 있을 것 같다는 생각을 하자 스스로가 조금 가엾다는 생각이 들었다.

목욕을 마치고 나서 하늘을 올려다보니 오늘 밤은 유난히 별이 총총하다. 아아, 벌써 여름이 왔구나. 개구리가 여기저기서 울어대고 보리가 바람에 사각사각 일렁인다. 몇 번이고 다시 올려다보아도 별들은 의연히 빛난다. 작년, 작년이 아니지, 벌써 재작년이 되어버렸다. 내가 산책을 가고 싶다고 떼를 쓰자 아빠는 몸이 아픈데도 불구하고 함께 산책을 가주었다. 언제나 젊음을 잃지 않았던 아빠는 〈너는 백까지 나는 아흔아홉까지〉라는 독일 노래를 가르쳐주기도 하고, 별자리 이야기나 즉흥시를 지어 들려주기도 했다. 지팡이를 짚고는 저만치 침을 뱉기도 하고, 눈을 깜박이면서 어슬렁어슬렁 따라오시던 아빠. 가만히 별을 바라보고 있노라니 불현듯 아빠 생각이 난다. 그때로부터 일 년, 이 년이 지나고, 나는 감당 못할 딸자식이 되어버렸다. 혼자만의 비밀을 아주 많이 간직한…….

방으로 돌아온 나는 책상머리에 앉아 턱을 괸 채 책상 위의 백합꽃을 물끄러미 바라보았다. 좋은 향기가 난다. 꽃향기를 맡고 있자니 혼자인데도 결코 나쁜 마음이 생기지 않는다. 이 백합은 어제저녁 역 근처까지 산책 갔다 돌아오는 길에 꽃집에서 한 송이 사 온 것이다. 백합이 있는 내 방은 전혀 다른 방처럼 싱그럽다. 장지문을 드르륵 열면 백합 향기로 가득 차 있어 기분이 얼마나 좋은지 모른다. 이렇게 가만히 꽃을 보고 있자니 정말이지 솔로몬의 영광* 그 이상이라는 사실을 실감한다. 그리고 온몸이 감각으로 그 말을 수긍하게 된다. 문득 지난여름에 갔던 야마가타가 생각난다. 산에 올랐을 때 산등성이 중턱에 흐드러지게 핀 백합이 비현실적으로 아름다워 보는 순간 깜짝 놀라고 말았다. 하지만 깎아지른 듯한 낭떠러지라 도저히 올라갈 수가 없었으므로 너무나 매혹적인 그 꽃을 그저 바라만 볼 수밖에 없었다. 그때 생면부지의 한 광부가 아무 말 없이 절벽을 기어오르더니 순식간에 두 손 가득 백합을 꺾어 내려와 무덤덤한 얼굴로 내게 건네주었다. 그야말로 한아름이었다. 어떤 호화로운 무대나 결혼식장의 주인공이라 하더라도 이렇게

---

* 솔로몬의 모든 영광으로도 입은 것이 이 꽃 하나만 같지 못하였느니라. -신약성서 마태복음 6장 29절.

많은 꽃을 받아본 사람은 없을 것이다. 꽃향기에 현기증이 났던 경험은 그때가 처음이다. 양팔을 벌려 새하얗고 거대한 꽃다발을 겨우 안았더니 앞이 하나도 보이지 않았다. 젊고 성실해 보였던 그 광부. 내게 감동을 준 그 친절한 광부는 지금 어떻게 지내고 있을까? 위험한 곳으로 가서 꽃을 꺾어주었다는 것, 단지 그뿐이었지만 백합을 보면 늘 그 광부 생각이 난다.

책상 서랍을 열어 이리저리 뒤적이자 작년 여름에 쓰던 부채가 나왔다. 흰 종이에 겐로쿠 시대의 여인들이 아무렇게나 앉아 있는 모습을 배경으로 파란 꽈리 두 개가 그려져 있다. 그 부채를 보자 지난여름의 일들이 마치 안개 속에서 보는 것처럼 아스라이 되살아났다. 야마가타에서의 생활, 기차 안의 풍경, 유카타, 수박, 냇가, 매미, 방울 소리……. 문득 이걸 들고 기차를 타고 싶다. 부채를 펼쳐 들었을 때의 느낌이 정말 좋다. 부챗살 하나하나가 촤르르 펼쳐지는 느낌이 얼마나 좋은지 모른다. 부채를 만지작거리며 놀고 있는데 어느새 엄마가 돌아오셨다. 기분이 좋아 보인다.

"아이고, 피곤해!"

넋두리를 하지만 그다지 피곤해 보이지 않는다. 남의 부탁을 잘 들어주는 성격이라 늘 피곤한 것은 어쩔 수 없는 노릇이다.

"아무튼 일이 복잡하게 됐어……."

엄마는 혼잣말을 중얼거리며 옷을 갈아입고는 목욕탕으로

들어가셨다.

목욕을 마친 뒤 차를 마시면서 엄마는 히죽히죽 웃는 얼굴로 말을 할 듯 말 듯 하다가 넌지시 제의하셨다.

"너 요전에 『맨발의 소녀』 보고 싶다고 했지? 그렇게 보고 싶으면 봐도 돼. 대신 오늘 밤엔 엄마 어깨나 좀 주물러주렴. 일하고 나서 보면 훨씬 더 즐겁지 않을까?"

기쁨을 주체할 수 없었다. 『맨발의 소녀』라는 영화를 보고 싶었지만 요즘 나는 하는 일 없이 놀고만 있었기 때문에 차마 말하지 못한 터였다. 엄마는 그런 내 마음을 헤아리고 내가 당당하게 영화를 보러 갈 수 있도록 핑곗거리를 마련해주신 거다. 너무너무 기쁘다. 엄마가 좋아서 나도 모르게 웃고 말았다.

밤에 엄마와 이렇게 단둘이 있는 것도 정말 오랜만인 것 같다. 엄마는 누군가를 만나느라 늘 바빴으니까. 엄마는 세상 사람들에게 무시당하지 않으려고 무척 애를 쓰고 있는 걸 거야. 이렇게 어깨를 주무르면 엄마의 피로가 내 몸에 그대로 전해진다. 잘해드려야겠다는 생각이 든다. 아까 이마이다 씨가 왔을 때 엄마를 잠시 원망했던 일이 부끄러웠다. '죄송해요' 하고 가만히 말해본다. 그러고 보니 나는 언제나 나만 생각하고 엄마한테 응석을 부리며 함부로 대했다. 그럴 때 엄마가 얼마나 마음이 아프고 괴로울지에 대해서는 신경도 쓰지 않았다. 아빠가 돌아가시고 난 뒤 엄마는 무척이나 약해지셨다. 나는 엄마에게 힘들다고 수시로 매달리면서도 엄마가 조금이라도 내게 기대려 하면 못 볼 것이라도 본 것 같은 기분이었다. 나는 정말 어처구니가 없는 계집아이다. 사실은 엄마도 나와 다를 바 없는 연약한 여자일 뿐인데. 이제부터라도 엄마와 함께하는 삶에 만족하고 엄마를 잘 보살펴드려야겠다. 옛날이야기도 해드리고 아빠 이야기도 해드리면서 엄마가 중심이 되는 날을 만들고 싶다. 단 하루라도. 그리하여 진정한 삶의 기쁨을 느끼게 해드리고 싶다. 그동안 마음속으로는 엄마를 걱정하는 딸이 되겠다고 다짐하면서도 실제 언행은 제멋대로인 철부지였으니! 요즘 나는 아이다운 순수성마저 잃어버려 머릿속이 난잡하고, 수치심으로 가득 차 있다. 괴롭다느니 외롭다느니 슬프다느니 이런 게 대체 뭐란 말인가. 확실하게 말한다면 죽음이다. 잘 알고 있으면서도 그와 비슷한 낱말을, 그러니까 적절한 명사나 형용사 하나도 제대로 구사하지 못하고 갈팡질팡하다가 끝내는 버럭 화를 내고 마는 나를 무엇과 비교해야 할까……. 사람들은 흔히 옛 여인들은 노예였다느니, 스스로를 능멸하는 버러지 같은 인간이었다느니 인형이나 다를 바 없는 존재였다느니 하고 마구 비난을 퍼붓지만 그녀들은 지금의 나보다 좋은 의미에서 여성스러움이 있었고, 마음의 여유도 있었으며, 참을성과 본받을 만한 지혜가 있었다. 또 순수하고 자기희생적인 아름다움도 간직하고 있었으며, 자원봉사의 기쁨도 알고 있었다.

"아아, 훌륭한 안마사네. 천재야, 천재."

엄마는 여느 때처럼 나를 놀린다.

"그렇죠? 마음이 담겨 있으니까요. 하지만 제 특기는 온몸을 주무르는 것만이 아니에요. 그것뿐이라고 생각하면 섭섭하죠. 숨겨진 재주가 있다고요."

마음속 생각을 솔직하게 털어놓았다. 그것은 내가 생각해도 후련하다. 최근 이삼 년 동안 내가 이렇게 가식 없이 속 시원하게 속마음을 털어놓은 적은 없었다. 자신의 분수를 알고 불가능한 것을 포기했을 때 비로소 안정된 모습의 새로운 내가 탄생할는지 모른다고 생각해본다.

오늘 밤은 엄마께 고마움을 전하기 위해 안마를 마친 뒤 『쿠오레』*를 조금 읽어드렸다. 엄마는 내가 이런 소설을 읽는다는 사실을 대견해하면서 '역시나' 하고 안심하는 표정을 지으셨다. 며칠 전 내가 케셀의 『메꽃』**을 읽고 있을 때에는 가만히 내게서 책을 빼앗아 표지를 보고는 표정이 어두워졌다. 잠시 후 책을 돌려주긴 했지만 어쩐지 나도 더 이상 읽고 싶은 마음이 생기지 않았다. 엄마는 『메꽃』을 읽지도 않았을 텐데 직감적으

---

* 이탈리아의 작가 에드몬도 데 아미치스(1846~1908)가 1886년 발표한 아동문학으로, 주인공 엔리코의 일기를 통해 인간애와 조국애를 그렸다.
** 프랑스의 작가 조제프 케셀(1898~1979)의 소설로, 상류사회 여성의 성적 일탈을 그렸다.

로 나쁜 소설이라는 걸 알아차린 듯하다.

고요한 한밤중에 소리 내어 『쿠오레』를 읽고 있으려니 내 목소리가 너무 크게 들려 읽는 내내 엄마한테 부끄러움이 느껴졌다. 주변이 조용하다 보니 상대적으로 목소리가 크게 들렸는지도 모른다. 『쿠오레』는 언제 읽어도 어린 시절에 받았던 감동이 그대로 되살아난다. 책을 읽는 동안 마음이 순수하고 깨끗하게 정화되는 것 같아 좋은 책이라는 생각이 든다. 이 소설은 소리 내어 읽는 것과 눈으로 읽는 게 사뭇 느낌이 달라서 놀랍다. 하지만 엄마는 주인공 엔리코가 나오는 부분과 가로네가 나오는 장면에서 고개를 숙이며 울음을 삼켰다. 우리 엄마도 엔리코의 엄마처럼 훌륭하고 아름다운 엄마다.

엄마가 먼저 잠이 들었다. 아침 일찍 외출해 돌아오셨으니 피곤한 모양이다. 이불을 제대로 덮어드리고 이불 끝자락을 토닥토닥해드렸다. 엄마는 잠자리에 들면 이내 눈을 감으신다.

그때부터 목욕탕으로 가서 빨래를 한다. 요즘은 나쁜 버릇이 생겨 밤 열두 시가 다 되어서야 빨래를 시작한다. 낮에 빨래를 하면 시간이 아깝다는 생각이 드는데, 사실은 그 반대일지도 모른다.

창문으로 달님이 보인다. 쪼그리고 앉아 옷가지를 박박 문질러 빨면서 달님에게 살짝 미소를 지었다. 달님은 모르는 척 외면한다. 문득 지금 이 순간 어딘가에서 외로운 한 소녀가 나와 똑같이 이렇게 빨래를 하면서 달님을 향해 가만히 웃는다고, 틀림없이 웃는다고 생각해본다. 머나먼 시골의 산꼭대기 외딴집. 한밤중에 뒷마당에서 조용히 빨래를 하는 외로운 소녀가 있다. 그리고 파리의 뒷골목에 있는 지저분한 아파트의 복도에서도 역시 내 또래의 소녀가 조용히 빨래를 하며 달님에게 웃어 보이고 있다고, 조금도 의심 없이 망원경으로 샅샅이 들여다보는 것처럼 색채까지 선명하게 떠올려본다. 우리의 고통은 그 누구도 모르는 것. 이제 곧 어른이 되면 지난 시절 겪었던 고통과 외로움을 웃으며 추억할 수 있을지도 모르지만, 완전히 어른이 되기까지의 길고 긴 시간을 어떻게 살아가야 좋을까……. 아무도 내게 가르쳐주지 않으니 그냥 흘러가는 대로 내버려둘 수밖에 없다. 홍역 같은 병일지도 모른다. 하지만 홍역으로 죽는 사람도 있고 실명한 사람도 있다. 그러니 내버려둬서는 안 된다. 우리는 허구한 날 우울해하거나 버럭 화를 내면서 보낸다. 그중의 몇몇은 발을 잘못 디뎌 완전히 타락해서 돌이킬 수 없는 몸이 되어 한평생을 엉망진창으로 보내는 사람도 있다. 그리고 눈 딱 감고 과감히 자살해버리는 사람도 있다. 그런 일이 벌어지면 세상 사람들은, "세상에, 조금만 더 견뎠더라면 아무것도 아닌 일이란 걸 알았을 텐데, 세월이 흘러 어른이 되면 자연히 알게 되는데!"라고 아쉬워하지만 당사자의 현실은 괴롭기만 하다. 게다가 가까스로 참아가며 뭔가를 들어보려고 열심히 귀를 기울여보지만 세상은 알 듯 모를 듯한 추상적 교훈만을 되풀이하며, "참아, 참아. 세상은 원래 그런 거야. 괜찮아." 하고 달랠 뿐이다. 우리는 언제나 그 기대에 배반당한다. 우리는 결코 찰나주의자가 아니다. 그러나 세상은 저 멀리에 있는 산을 손가락으로 가리키면서 저기까지만 가면 분명히 전망이 좋을 것이라고 한다. 물론 그것은 틀림없고, 추호도 의심의 여지가 없다는 걸 알지만 현재 이렇게 격렬한 복통을 일으키고 있는데, 그 엄청난 복통에 대해서는 눈을 감아버리고, 그저 "자, 자, 조금만 참아. 저기 정상이 보이네. 저기까지만 가면 끝이야."라고 말할 뿐이다. 틀림없이 누군가가 잘못하고 있다. 나쁜 건 바로 당신이다.

빨래를 마친 뒤 욕실 청소까지 끝냈다. 가만히 장지문을 열었더니 백합 향기가 풍겨온다. 가슴이 상쾌하다. 가슴 깊은 곳까지 투명해져서 숭고한 허무감라고 할 만한 상태에 젖어들었다. 조용히 잠옷으로 갈아입는데 새근새근 잠든 줄 알았던 엄마가 눈을 감은 채 느닷없이 말을 걸어와 흠칫 놀랐다. 엄마는 가끔 이런 식으로 나를 놀라게 한다.

"여름 구두가 필요하다고 했지? 오늘 시부야에 간 김에 보고 왔어. 구두가 비싸졌더라."

"괜찮아요. 그렇게 갖고 싶진 않은걸."

"그래도 없으면 곤란하잖니?"

"응."

내일도 또 같은 날이 오겠지. 행복은 끝내 오지 않을지도 몰라. 그건 알고 있다. 하지만 틀림없이 온다. 내일 꼭 올 거라고 믿고 자는 게 좋다. 일부러 픽 하고 큰 소리를 내며 이불 위로 쓰러진다. 아아, 기분 좋다. 이불이 차가워서인지 등에 기분 좋은 서늘한 기운이 퍼지면서 황홀한 기쁨이 느껴진다. '행복은 하룻밤 늦게 온다'는 말이 떠오른다. 행복을 하염없이 기다리다가 결국 참지 못하고 집을 뛰쳐나갔는데, 이튿날 버리고 나간 집으로 행복을 알려주는 기분 좋은 소식이 찾아온다. 하지만 때는 이미 늦었다. 행복은 하룻밤 늦게 찾아온다. 행복은······.

마당을 걷는 가와의 발소리가 난다. 콩콩콩콩. 가와의 발소리에는 특징이 있다. 오른쪽 앞발이 조금 짧고, 앞다리는 O자 모양의 게 다리여서 발소리에도 외로움이 느껴진다. 이런 한밤중에 정원을 돌아다니면서 뭘 하는 걸까. 가와가 가엾다는 생각이 든다. 오늘 아침에는 짓궂게 굴었는데 내일은 귀여워해줘야지.

나에겐 애처로운 버릇이 있는데, 얼굴을 두 손으로 완전히 가리지 않으면 잠들지 못한다. 얼굴을 감싸고 가만히 누웠다.

잠들 때의 기분은 참 이상하다. 붕어나 장어가 낚싯줄을 쭉 잡아당기듯 무언가 무거운 납덩이같은 힘이 내 머리를 잡아당겨 스르르 잠이 들려 하면 줄을 조금 느슨하게 놓는다. 그러면 나는 퍼뜩 정신을 차린다. 또다시 쭉 잡아당긴다. 스르르 잠이 든다. 또 살짝 줄을 풀어준다. 그걸 세 번이나 네 번쯤 되풀이하고 나서야 비로소 힘차게 쭉 잡아당기다가 아침나절까지 푹 잠이 든다.

안녕히 주무세요. 나는 왕자님이 없는 신데렐라 공주. 내가 도쿄 어디에 있는지 알고 계시나요? 이젠 두 번 다시 뵙지 않겠어요.

다자이 오사무의 생애

일반적으로 한 사람의 운명은 혈통이라는 씨실과 환경이라는 날실, 그리고 그것을 이끌고 가는 본인의 의지력으로 만들어진다고 한다. 그런 면에서 작가 다자이 오사무는 독특한 무늬가 새겨진 인생의 주인이었다.

다자이의 아버지는 쓰가루 지역 굴지의 대지주였다. 다자이는 귀족원 의원과 중의원에 오른 지역 명사였던 아버지 겐아몬의 11남매 중열 번째이자 여섯 번째 아들로 태어났다. 아버지는 공무로 늘 바빴고 어머니는 병약했기 때문에 그는 숙모와 보모의 손에서 컸다. 어머니의 부재는 아직 어린 다자이에게 심리적 불안을 안겨주어 수차례의 자살 시도와 여성 편력 등 불안정한 삶을 살아가게 한 요인으로 작용했다.

다자이 오사무의 문학을 이해하기 위해서는 그의 고향 쓰가루에 대한 이해가 전제되어야 한다. 일본의 유명 문학 평론가 오쿠노 다케오는 쓰가루에 대해 다음과 같이 묘사하고 있다. '다자이가 태어난 쓰가루 군은 중앙에서 볼 때는 한낱 문화가 단절된 시골 벽지 마을일 뿐이었다. 흉년이 잦은 혹한의 땅이었기 때문에 이를 견뎌내기 위해 사람들은 웃음과 유머를 잃지 않았다. 그래서 그런지 이 지방에서 발견된 여러 유물은 원색의 활기가 넘친다. 기나긴 겨울밤, 지루함을 달래기 위해 화롯가에서 이야기를 나누는 쓰가루 사람들에게는 몸짓과 손짓으로 상대에게 말을 건네는 화법과 웃음 유머가 있었다. 이는 다자이 문학의 큰 특징을 이룬다.'

소년 시절의 다자이는 집안에서도 학교에서도 소문난 익살꾼이었고, 형들의 영향으로 중학교 때까지는 교내 수석을 차지할 정도로 공부도 곧잘 했다. 그러나 고등학교에 입학한 후 문학에 빠져드는 것과 동시에 이성교제가 시작되면서 학교 공부에 소홀하게 되었다. 1929년 12월, 칼모틴을 복용하여 첫 번째 자살을 시도한다. 이 자살 소동은 장난꾸러기이면서도 공부도 잘해 식구들의 사랑을 독차지했던 그가 성적이 떨어진 일로 미움을 받을 것이 두려워 벌였을 가능성이 크다.

다자이가 젊은 시절을 보낸 시기는 세계적으로 사회주의가 유행처럼 번졌고, 일본 문단은 이념의 지배를 받아 프롤레타리아 문학이 문단의 주류를 이루었다. 1930년, 다자이는 고교 선배의 설득으로 정치 활동에 입문하게 된다. 같은 해, 게이샤 출신인 오야마 하쓰요(당시 16세)와 동거생활에 들어가면서 온 가족을 충격에 빠뜨린다. 특히 서른의 나이에 현의회 의원에 당선되면서 장차 중앙 정계에 진출하려는 야망을 품고 있던 큰형으로서는 동생이 공산주의 운동에 협조하고 있다는 사실은 큰 걸림돌이 되었다. 집안에 불순분자가 있으면 자신의 정치 생명이 끝날 수가 있었기 때문이다. 결국 형은 이 말썽꾸러기 동생의 동거를 인정한다는 조건으로 비합법 운동에서 손을 뗄 것과 호적에서 제명하겠다고 선언한다. 일단 형의 제의를 받아들였으나 막상 제적된 호적 등본을 받아본 다자이는 심적 부담감을 견디지 못하고 긴자의 카페 여급과 가마쿠라 해변에서 칼모틴을 먹고 자살을 기도한다. 그러나 이 자살 시도에서 카페 여급만 사망하고 그는 구조되어 가마쿠라 병원에 수용된다. 이 두 번째 자살 기도는 그에게 평생 씻을 수 없는 죄책감을 떠안긴다. 이때의 경험은 『도쿄 팔경』, 『인간 실격』, 『허구의 봄』 등에서 다루어지고 있다.

프랑스 문학을 동경했던 그는 동경제국대학 불문학과에 입학한다. 그러나 높은 수준의 강의를 따라갈 수 없어 대학을 졸업할 자신이 없어지자 고민 끝에 미야코 신문사에 입사 시험을 쳤으나 그것마저 실패하자 1935년 가마쿠라의 산장에서 또다시 자살을 시도했으나 미수에 그친다. 이것이 세 번째 자살 시도이다. 이후 소설 『역행』이 문단의 각광을 받아 제3차 아쿠타가와상의 후보에 올랐다는 소식에 한껏 고무되었으나 결국 물거품이 되자 마약에 빠져들었다.

1936년 다자이가 마약 중독을 치료하기 위해 입원해 있는 동안 아내 하쓰요가 매우 가까이 지내던 인척인 화가와 불륜을 저지른다. 이 사실을 알게 된 다자이는 아내와 함께 미나카미 온천에서 동반 자살을 시도한다. 즉 네 번째 자살 시도이다. 그러나 이 네 번째 자살 시도 역시 미수로 끝나고 결국 하쓰요와 결별한 그는 후지산 기슭에서 홀로 지내며 마음을 달랬다.

1938년, 스승 이부세의 주선으로 이시하라 미치코와 약혼하면서 마음의 안정을 되찾은 그는 열정적으로 작품 활동에 임한다. 그러나 1945년, 일본의 패망으로 생활고에 시달리면서 파멸로 치닫던 그는 『인간 실격』을 마무리하고, 『굿바이』의 초고를 남겨둔 채 다마가와 강 수원지에서 애인 야마자키 도미에와 다섯 번째 자살을 시도했다가 목숨을 잃었다. 1948년 6월 13일, 그의 나이 39세 때였다.

인간 실격　　　　다자이 오사무의 작품 경향은 흔히 시기별로 3기로
　　　　　　　　　나눈다. 자살 미수와 마약 중독에 빠져 암담한 생활
　　　　　　　　을 하던 시기에 씌어진『추억』에서부터 1937년에 출
간한『Human Lost』까지의 4년간이 1기에 해당한다. 이후 약 1년
반의 휴식 기간을 거친 뒤, 전쟁 중이기는 해도 비교적 안정된 생활
을 영위하던 1938년 이후부터 씌어진『만원滿願』,『여학생』,『도쿄 팔
경』,『신 햄릿』,『석별』,『옛날이야기』등이 2기에 해당한다. 3기는 일
본 패망 이후의 황폐화된 사회에서 파멸로 치닫던 1946년에 발표한
『판도라의 상자』에서부터『비용의 아내』,『사양』,『인간 실격』,『굿바
이』까지가 여기에 해당된다.

이 책에 실린『인간 실격』은 3기에 해당하는 작품으로, 다자이 오사
무의 대표작이다. 다자이가『인간 실격』을 쓰기 위해 아타미의 '기운
각'으로 들어간 것은 1948년 3월 7일이었다. 외부와의 접촉을 끊은
채 20일간 체류하며 두 번째 수기를 탈고한 그는 도미에의 집으로
옮겨와 세 번째 수기 집필에 착수한다. 그리고 작품을 끝낸 것이 5월
11일이었다. 다자이는『인간 실격』의 연재 최종회 게재 직전인 6월
13일 한밤중에 자살했기 때문에, 흔히 이 작품은 유서 같은 소설이라
고도 알려져 왔다. 그러나 그의 죽음으로 그 진위 여부는 비밀에 싸
인 채 갖가지 추측만 난무하고 있는 실정이다.

『인간 실격』은 솜방망이에도 상처받고 행복조차도 두려워하는 익살
꾼 '오바 요조'의 유년기에서부터 청년기까지의 삶을 수기 형식으로
쓴 소설로, 인간 존재의 본질에 대해 깊이 통찰하도록 이끄는 작품
이다. 인간 존재의 숨겨진 본질—나약하기 그지없는 내 이야기—을
담았기에 한국의 다자이 오사무 팬들은 이 작품을 읽고 하나같이 자

기 자신의 비밀이 그대로 드러난 것 같다고 고백한다. 이는 비단 한국 독자에게서만 나타나는 현상이 아니다. 해외의 일본 문학 연구자들도 입을 모아 말한다. 다른 일본 작가들의 작품을 읽으면 이국적인 느낌이 들지만 다자이 오사무의 작품을 읽으면 작가가 일본인이라는 사실을 잊어버리고 마치 자신의 내면이 그대로 투영된 것 같다는 것이다.

한편 〈다자이 오사무론〉을 쓴 오쿠노 다케오는 '타산과 체면으로 영위되는 이해할 수 없는 인간 세상과 확고하게 틀이 잡힌 듯한 사회 질서의 허위성과 잔혹성을 『인간 실격』만큼 날카롭게 꼬집어낸 작품도 드물 것이다. 어떻게든 사회에 융화하고자 애쓰며 순수한 것, 더럽혀지지 않는 것에 꿈을 의탁하고 인간에 대한 구애를 시도하던 주인공이 결국 모든 것에 배반당하고 인간 실격자가 되어가는 패배의 기록인 이 작품은 그런 의미에서 현대 사회에 대한 예리한 고발 문학이라 할 수 있다'고 설파한다.

첫 번째 수기에서 화자인 '나'는 아버지가 소속되어 있는 정당의 유명인이 연설을 하러 왔다기에 머슴들과 함께 연설장으로 간다. 연설장에는 아버지와 가까이 지내는 사람들이 와서 아버지를 응원하는 박수를 열렬하게 친다. 연설이 끝난 후, 그들은 눈 내리는 밤길을 삼삼오오 무리지어 돌아오며 그날 밤의 연설을 주제로 마구 험담을 해댄다. 그중에는 아버지와 매우 절친하게 지내는 사람의 목소리도 들린다.

그러나 이런 일은 아주 하찮은 예에 지나지 않습니다. 참으로 이상하게도 서로 속이면서도 누구 하나 상처받는 이가 없었고, 서로가 서로를 속이고 있다는 사실조차 깨닫지 못하는, 그야말로 실로 완벽하게 맑고 밝고 명랑한 불신이 인간의 삶에 충만해 있는 것이었습니다. 하지만 나는 사람들이 서로 속이며 지낸다는 사실에 딱히 흥미가 생기지는 않았습니다. 나 자신이야말로 아침부터 밤까지 익살을 떨며 인간들을 속이고 있었으니까요.

추악하기 그지없지만 인간 세상에서 '상식적 인간'으로 통하는 주인공의 유일한 친구 호리키는 비상적인 '나'에게 크나큰 은혜를 베푸는 은인처럼 굴며 잔소리를 늘어놓기까지 한다. "이제 너도 이 선에서 계집질은 끝내야지. 더 이상은 세상이 용납하지 않을 테니까."라며…… 이에 '나'는 의문을 품는다.

그가 말한 '세상'이란 도대체 무엇일까요? 인간의 복수형일까요? 그 세상이란 것의 실체는 어디에 있는 걸까요? 아무튼 그것을 강하고 살벌하고 무서운 것이라고 생각하며 지금까지 살아왔습니다만, 호리키의 그 말을 듣고는 문득,
'이 세상이라는 건 사실 네가 아닐까?'
라는 말이 혀끝까지 나왔지만 그를 화나게 하는 것이 싫어서 내뱉지는 않았습니다.

흔히 『인간 실격』은 작가가 고심하여 쓴 소설이 아니라 단번에 써내려갔을 것이라는 말이 있지만, 1998년 5월 23일 유족들이 초고를 발견하면서 이 정설이 뒤집어졌다. 이때 발견된 초고는 200자 원고지 157매 정도로 단어 하나하나가 몇 번에 걸쳐 수정되어 있었다.

여학생　　　『여학생』은 다자이 오사무의 시기별 작품 2기에 해
　　　　　　 당하며, 1939년에 발표한 소설이다. 그 무렵 그는 스
　　　　　　 승 이부세 마스지의 주선으로 정식 결혼도 하고 번
듯한 가장이 되어 소시민으로 살아가기 시작할 때다.

다자이는 여성의 내면의 풍경을 여성보다 더 섬세하게 그려내는 데
놀라운 재능을 보였다. 오늘날 페미니스트 작가로 재조명받는 이유
도 여기에 있다.

〈다자이 오사무론〉을 쓴 오쿠노 다케오는 '다자이의 소설은 『여학
생』을 필두로 하는 2기에 접어들면서 한 치의 빈틈도 없이 잘 정돈
된 단편으로 바뀌었다. 이전까지 자기 파멸을 지향하고 답답할 정도
로 과도하게 지켜온 윤리적 자세에서 해방된 탓인지 이 시기에 이르
러 문학적 재능이 쑥쑥 자라나 자유롭게 꽃을 피웠다'고 쓰고 있다.

한편 노벨 문학상을 받은 작가 가와바타 야스나리는 『여학생』에는
젊은 여성의 심리상태의 변화가 잘 드러나 있으며, 다자이의 작품 중
에서도 완성도가 높은 작품이다'라고 평가한 바 있다.

이 작품은 잠에서 막 깨어난 아침부터 잠들 때까지의 여학생의 의식
의 흐름을 독백조로 들려주는 1인칭 소설이다.

아버지는 세상을 떠나고 언니는 결혼을 해 엄마와 단둘이 살고 있
는 여학생 '나'는 옛날이 그립기만 하다. 과거의 나는 학교에서 돌아
오면 엄마와 언니에게 한바탕 어리광을 부린 뒤 자전거를 타고 동네
를 한 바퀴 돌고 와서 기분 좋게 저녁을 먹었었다. 그러나 성장한 지
금의 나는 스스로를 응시하거나 불결한 생각에 빠져 있을 때가 잦다.
말하자면 일종의 순수에의 특권을 잃어버린 것이다. 스스로를 조금
씩 미워하기 시작하면서 그 특권은 아스라이 사라지고 수치심만 남

아 있다.

어느덧 이성에 눈뜬 나는 정원사와 광부에게 마음이 끌린다. 정원사에게 끌리는 이유는 그가 사색가의 풍모를 하고 있기 때문이고, 광부에게 끌리는 이유는 내가 갖길 원하는 백합을 꺾어주기 위해 위험을 감수했기 때문이다. 그래서 백합을 보면 광부가 생각난다.

이런 나는 '본능'이라는 말과 마주하면 울고 싶어진다. 본능은 나 스스로가 어찌할 수 없는 거대한 힘으로 거기 있기 때문이다. 나에게 일어난 갖가지 일들을 통해 본능의 힘을 확인할 때면 미칠 것 같은 기분에 사로잡힌다.

여자의 생리에 막연한 불안감을 느낀 내가 '생각의 홍수'에 빠져 허우적거리는 것은 '생활의 고뇌'가 없기 때문이라고 결론 내린다. 잡지를 펼쳐보지만 필진들의 글은 하나같이 깊이도 개성도 없다. 예컨대 올바른 희망이나 야망으로부터 멀어져 있다. 나는 이 모든 것이 사람들이 진정한 사랑의 표현 방식을 잃어버렸기 때문이라고 생각한다.

세상에는 '나'를 중심으로 위성처럼 주변을 맴도는 사람들이 있고, 다른 한편에서는 거대한 힘으로 나를 밀어내는 세상이라는 것이 있다. 사람들은 이런 것들의 틈바구니 속에서 휘둘리다 보니 자신의 개성을 발전시킬 엄두를 못 내고 겁쟁이가 되고 마는 것이다. 즉 타고난 개성을 사랑하면서도 이를 분명하게 내 것으로 체현하는 것을 망설인다. 이제는 독서를 하는 것에도 회의를 느낀다.

독서 따위는 이제 집어치워야겠다. 그건 관념뿐인 삶이다. 아무 의미 없이 건방을 떨며 알은체하는 건 정말이지 역겹다. 아, 삶의 목표가 없다는 둥, 좀 더 생활과 인생에 적극적이어야 한다는 둥, 나 자신에게 모순이 많다는 둥, 얼핏 괴로운 생각에 빠져 지내는 체하지만 딴은 값싼 감상일 뿐이다. 그런 건 그저 스스로에게 연민의 정을 느끼고 위로하는 싸구려 감상일 뿐이다.

성장기의 여학생은 성숙한 여성의 몸을 보면서 반발심을 느낀다. 전차의 옆자리에 앉은 짙은 화장을 한 아주머니를 보며 '금붕어를 만지고 나면 참을 수 없는 비린내가 온몸에 가득 배어 아무리 씻어도 가시지 않는 것처럼 그렇게 나도 종일 암컷의 체취를 발산하며 지내는 건 아닐까, 하는 생각에 차라리 이대로, 소녀인 채로 죽고 싶다.'고 독백한다.

창문으로 푸른 산호수 잎이 전등 빛을 받아서 강렬하게 빛나고 하늘에서는 별이 빛났다. 몸을 뒤로 쭉 젖히고 멍하니 있노라니 굳이 보려고 하지 않았던 내 뽀얀 살결에 눈이 멎었다. 가만히 보고 있으려니 어린 시절의 그 하얗던 살결과는 뭔가 다르다는 느낌이 든다. 내 기분과는 아무런 상관도 없이 육체가 제멋대로 자라는 것이 참기 힘들 정도로 곤혹스럽다. 부쩍부쩍 커가는 나 자신을 제어할 수 없다는 사실이 서글프기까지 하다.

그런 '나'에게 세탁은 성과 관련된 수치스럽고 불결한 생각에서 해방시키는 탈출구다. 빨래를 마친 뒤 방에 놓아둔 백합 향기가 풍겨오자 가슴이 상쾌해진다. 그제야 나는 가슴 깊은 곳까지 투명해져서 숭고한 허무감이라고 할 만한 상태에 접어드는 것이다.

작가 연보

1909. 6. 19   아오모리 현 기타쓰가루에서 11남매 중 열 번째이자 여섯 번째 아들로 출생. 본명은 쓰시마 슈지. 아버지는 아오모리 현의 명사이자 대지주.

1920 (11세)   장래 희망을 묻는 담임의 앙케트에 '문학'이라고 씀.

1923 (14세)   아버지가 귀족원 의원으로 재임 중 도쿄에서 별세. 4월, 아오모리 현립 아오모리중학교에 입학.

1925 (16세)   중학생이 된 다자이는 이 무렵부터 작가를 지망. 급우들과 동인잡지 등에 소설, 희곡, 수필 등을 발표.

1927. 4 (18세)   히로사키 고등학교에 입학. 아쿠타가와 류노스케의 자살에 큰 충격을 받음. 게이샤 출신 오야마 하쓰요를 알게 됨.

1928 (19세)   동인잡지 〈세포문예〉를 창간하고 본격적인 창작 활동에 돌입. 경향소설에 관심을 갖기 시작한 그는 대지주의 생활을 고발한 폭로 소설 『무간나락』을 비롯해 『가랑이를 빠져나가다』 등을 발표.

1929 (20세)   공산주의에 심취해 『지주 일대』를 집필. 자신의 출신 계급을 고민하던 중 수면제 자살을 기도.

1930 (21세)   프랑스 문학에 빠져들어 도쿄 대학 불문학과에 입학. 작가 이부세 마스지에게 사사. 아오모리 지방의 동인잡지 〈좌표〉에 『학생군』을 게재했으나 큰형의 압력으로 미완인 채 중단함. 그해 긴자 카페의 여급인 다나베 아쓰미와 투신자살을 시도했으나 여자만 사망하여 자살 방조 혐의로 조사를 받았으나 기소 유예됨.

1931 (22세)   임시 필명인 슈린도로 정형시 하이쿠 짓기에 골몰. 좌파 운동에 본격적으로 가담.

1932 (23세)   좌익 운동을 포기하고 아오모리 경찰서에 자수.

1933 (24세)   처음으로 다자이 오사무라는 필명을 사용함. 『열차』, 『물고기의 비늘 옷』 발표.

1934 (25세)   『잎』, 『원숭이를 닮은 젊은이』, 『그는 옛날의 그가 아니다』 『로마네스크』 발표.

1935 (26세)   소설 『역행逆行』이 제1회 아쿠타가와상 후보에 올랐으나 차석에 그침. 대학 졸업이 희박해지자 미야코 신문사에 입사 시험을 치렀으나 불합격하자 가마쿠라 산장에서 목을 매 자살을 시도했으나 실패함. 급성 맹장염으로 입원한 그는 이때 사용된 진통제가 원인이 되어 약물 중독에 시달림. 이후 동인지 〈푸른 꽃〉의 동인들과 함께 '일본 낭만파'에 합류하고 『다스 게마이네』를 발표. 사토 하루오와 사제관계를 맺음.

1936 (27세)   약물 중독으로 괴로워하던 중 이를 치료하기 위해 강제로 정신 병원에 수용되었는데, 이때 정신적으로 큰 충격을 받음.

1937 (28세)   병원에 입원해 있는 동안 동거하던 오야마 하쓰요가 인척인 화가와 불륜을 저지르자 그녀와 동반자살을 시도했으나 미수에 그침. 하쓰요와 결별. 『20세기의 기수』, 『HUMAN LOST』, 『등롱』, 『허구의 방황』, 『다스 게마이네』 발표.

1938 (29세)   스승 이부세의 주선으로 이시하라 미치코와 약혼함.

1939 (30세)   미치코와 결혼식을 올리고 마음의 안정을 찾은 그는 『부악백경』, 『사랑의 아름다움에 관하여』, 『여학생』 등을 발표. 도쿄의 미타카로 이사.

1940 (31세)   각종 원고 청탁이 쏟아지면서 점차 안정된 작품을 다수 발표. 『피부와 마음』, 『달려라 메로스』, 『추억』, 『여자의 결투』, 『여치』 발표.

1941 (32세)   장녀 소노코 태어남. 『도쿄 팔경』, 『신 햄릿』, 『직소』, 『치
요조』 발표.

1942 (33세)   성서가 바탕이 된 작품을 다소 집필함. 6월, 『정의의 미
소』, 10월, 『불꽃』을 〈문예〉에 실었으나 시국에 맞지 않
는다는 이유로 전문을 삭제하라는 지시를 받음. 어머니
별세.

1943 (34세)   『후지산 백경』, 『우대신 사네토모』 발표.

1944 (35세)   장남 마사키 태어남. 가노 쇼키치의 권유로 소설 『쓰가
루』 집필. 『좋은 날』 발표.

1945 (36세)   미군 공습으로 고후의 처가에 피신했다가 처자식을 데리
고 다시 고향 쓰가루의 생가로 이사함. 『석별』, 『오토기조
시』, 『신해석 각국 이야기』 발표.

1946 (37세)   『고뇌의 연감』, 『겨울의 불꽃』, 『판도라의 상자』 발표.
11월, 피난 생활을 끝내고 미타카의 집으로 돌아옴.

1947 (38세)   둘째딸 사토코가 내어났으며, 같은 해, 정부인 오타 시즈
코 사이에서도 딸 하루코가 태어남. 『탕탕탕』, 『비용의 아
내』, 『사양』 발표.

1948 (39세)   폐결핵이 악화되어 각혈 시작. 『앵두』, 『인간 실격』 등을
발표.

        미완의 장편 『굿바이』를 남기고 6월 13일 다마강 수원지
에 애인 야마자키 도미에와 급류에 몸을 던져 동반 자살
을 시도. 서른아홉의 나이로 세상을 떠남.

편역 뉴트랜스레이션

뉴트랜스레이션은 세계적 명성을 자랑하는 고전을 현대인이 읽기 쉽게 편역하는 사람들의 모임이다. 아름다운 우리말의 운율과 품격을 최대한 살려 독서의 매력을 극대화시키는 것이 그 목적이다.

인간 실격 | 여학생

초판 1쇄 인쇄 | 2018년 07월 20일
초판 1쇄 발행 | 2018년 07월 26일

지은이 | 다자이 오사무
편 역 | 뉴트랜스레이션
발행인 | 강민자
펴낸곳 | 다상출판사
등 록 | 2006년 2월 7일
주 소 | 서울시 성북구 북악산로 3길 38-7
전 화 | 02-365-1507
팩 스 | 0303-0942-1507
이메일 | dasangbooks@hanmail.net

ISBN 979-11-961818-4-0(04830)
ISBN 979-11-957642-3-5(세트)